「……旦那様」
「二人が仲よく
暮らせるように
張らないとね」
クロの戦記4
異世界転移した僕が最強なのは
ベッドの上だけのようです

シロ&ハイイロ
忠誠心の篤い百人隊長の人狼コンビ。
ミノ
クロノの副官を務めるミノタウロス。
クロノ
武勲を立て、エラキス侯爵となった少年。
2度目の戦争に駆り出されることに。
ホルス
気弱な百人隊長のミノタウロス。
帰ろう」

リザド
無口な百人隊長のリザードマン。
レオ
クロノを武力で支える百人隊長の獅子獣人。
タイガ
切り込み隊長としてレオの配下で戦う虎獣人。
「皆、生きて

「あ、クロノ、心の準備を
させてくれないかな？
ボクにも心の準備というものが——」

クロの戦記４
異世界転移した僕が最強なのは
ベッドの上だけのようです

サイトウアユム

HJ文庫
892

口絵・本文イラスト　むつみまさと

Record of Kurono's War
isekaiteni sita boku ga saikyou nanoha
bed no uedake no youdesu

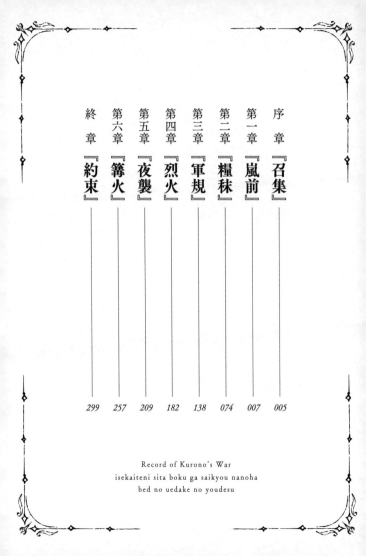

序章『召集』

帝国暦《ていこくれき》四三〇年十二月初旬《しょじゅん》――クロノが練兵場に行くと、ミノが新兵を罵倒《ばとう》していた。頼《たの》もしい姿だ。すぐにでも駆《か》け寄《よ》りたかったが、平静を装って歩み寄る。

すると、こちらに気付いたのだろう。ミノは新兵を罵倒するのを止《や》めて駆け寄ってきた。

「大将、どうかしやしたか？」

「帝都《ていと》から召集令状が届いたんだ。五百人の兵士を率いて補給を担当しろってさ」

「相手は神聖アルゴ王国ですかい？」

クロノは頷《うなず》いた。書簡には八個半大隊を召集し、さらに近衛騎士団《きしだん》を動員するとあった。近衛騎士団は軍の最エリートだ。生半可なことでは動員されない。帝国《ていこく》は本気なのだ。

「日時について指定はありやしたか？」

「十二月中旬《ちゅうじゅん》までにノウジ皇帝直轄領《こうていちょっかつりょう》に集合だって」

「随分《ずいぶん》、急がせやすね。それじゃ出発まで二、三日しか猶予《ゆうよ》がありやせんぜ」

ミノは訝《いぶか》しげに眉根《まゆね》を寄せた。確かに急な話だが――。

「気持ちは分かるけど、詮索《せんさく》はあとにしよう。今は自分達《たち》のことに専念しないと」

「分かりやした」

ミノは頷き、ポーチから透明《とうめい》な球体——通信用マジックアイテムを取り出した。

「レイラ、俺《おれ》はこれからクロノ様と話してくる。あとのことは任せたぞ」

『…………了解《りょうかい》』

しばらくして通信用マジックアイテムからレイラの声が響《ひび》いた。

「さあ、行きやしょう」

「きちんと引《ひ》き継《つ》ぎをしなくていいの？」

「レイラに任せときゃ上手《うま》く対応してくれまさ。ところで、話し合いはあっしらだけで？」

「シッターさんを交えてだね。あと、夕方に会議を開きたいんだけど、大丈夫《だいじょうぶ》かな？」

「夕方までにゃ、ある程度の段取りは組めると思いやすぜ」

よかった、とクロノは胸を撫《な》で下《お》ろした。もちろん、安心してばかりはいられない。

全《すべ》てはこれから——これから段取りを組み、関係各所に根回しと交渉《こうしょう》を行う。

さらに自分達が不在の間に誰《だれ》が代理を務めるかも決めなければならない。

クロノは気を引き締《し》めて歩き出した。

第一章『嵐前』

夕方――クロノは会議室で部下の到着《とうちゃく》を待っていた。以前、村長達を集めて会議を行った部屋だ。教卓《きょうたく》に似た台があり、長机が二列五段で並んでいる。教卓に寄り掛《か》かって貧乏《びんぼう》揺《ゆ》すりを繰《く》り返《かえ》していると、会議室の隅《すみ》に立っていたミノが口を開いた。

「大将、少しは落ち着いて下せぇ」

「う、ごめ――」

「ひゃっはーッ！　あたし達が一番乗りだしッ！」

「ご褒美《ほうび》が欲《ほ》しいみたいな！　アイスクリームを所望《しょもう》するみたいなッ！」

クロノの言葉を遮《さえぎ》るようにアリデッドとデネブが飛び込んできた。そのまま窓側最後尾《さいこうび》の席に直行する。性格が透《す》けて見える選択《せんたく》だ。座席を指定すればよかった。

「ところで、今日は何の用みたいな？」

「ベッドに呼んでくれるなら大歓迎だし」

「その予定はないけど、聞いたらびっくりするよ」

「おお！　それは楽しみみたいなッ！」

「今から期待しちゃうし！　それまでぐったりしてるしッ！」

二人は嬉《うれ》しそうに言い、長机に突《つ》っ伏《ぷ》した。どうやら情報はまだ漏《も》れていないようだ。

「失礼いたします！」

凜《りん》とした声が響く。レイラの声だ。彼女《かのじょ》は入室するときびきびした動きで廊下《ろうか》側《がわ》の最前列に座《すわ》った。何か言いたそうな目でこちらを見るが、言葉を発することはなかった。ホルスが入ってきたのだ。その後ろにはリザドがいる。

「今日も走りっぱなしで疲《つか》れただ。あ〜、明日も走らにゃならねぇ――」

「まだ娑婆《しゃば》っ気《け》が抜《ぬ》けてねぇのかッ！」

「――ッ！」

ミノが一喝《いっかつ》すると、ホルスは背筋を伸《の》ばした。

「座れ！」

「わ、分かっただッ！」

ホルスは慌《あわ》てふためいた様子で廊下側最後尾の席に座った。リザドはその隣《となり》だ。次にやってきたのはケインとフェイだった。急いできたのだろう。二人とも土埃《つちぼこり》に塗《まみ》れている。

「悪ぃ、遅《おそ》くなった」

「フェイ・ムリファイン、参上であります！」

ケインはホルスとリザドの前の席に着こうとしたが、フェイがその前を駆け抜ける。はぁッ！　と跳躍《ちょうやく》して窓側最前列の長机にしがみつく。

「ケイン殿《どの》！　確保であります！　席を確保したでありますッ！」

「ったく、子どもじゃねーんだから」

「それは違《ちが》うであります！」

ケインが溜息《ためいき》交じりに言うと、フェイは勢いよく体を起こした。

「念のために聞くが、何が違うんだ？」

「子どもはこんなに必死ではないであります！」

「たかが席取りでそんなに必死にならなくてもいいじゃねーか」

「駄目《だめ》であります！　私にはムリファイン家を再興する使命があるのであります！　たかが席取りとはいえ疎《おろそ》かにはできないのであります！　将来、あの時に手を抜かなければと後悔《こうかい》するのは嫌《いや》でありますッ！」

「気持ちは、まあ、分からなくもねーけどよ。席取りで後悔って、どんな状況《じょうきょう》だよ」

ケインは困惑《こんわく》しているかのように言った。だが、織田信長《おだのぶなが》の草履《ぞうり》を懐《ふところ》で温めた豊臣秀吉《とよとみひでよし》の例もある。出世するためにはそれくらいの気概《きがい》が必要な気もする。

「クロノ様に真面目《まじめ》に頑張《がんば》っているとアピールすることが重要なのであります！」

「分かったから座れ」

「了解であります！」

フェイがガタガタと音を立てて座り、ケインはやや遅《おく》れて席に着いた。次は、とクロノは扉《とびら》を見つめた。ゆっくりと扉が開く。扉を開けたのはレオだった。レオは肩《かた》で風を切るように歩き、どっかりとイスに腰《こし》を下ろした。ホルスとリザドの前の席だ。

しばらくしてバタバタという音が廊下《ろうか》から聞こえてきた。扉の前辺りで音がぴたりと止まる。次の瞬間《しゅんかん》、扉が勢いよく開き、シロとハイイロが飛び込んできた。

「俺達《おれたち》、遅刻《ちこく》！　けど——」

「最後、違う！　一安心！」

シロとハイイロはホッと息を吐《つ》き、ケインとフェイの後ろに座った。

「あとはゴルディと……」

名前を口にすると、再び廊下から音が聞こえた。ドタドタという重々しい音だ。ゴルディだろうか。足音が止まり、扉が開く。予想通り、扉を開けたのはゴルディだった。

「遅れて申し訳ありませんな」

「工房《こうぼう》の管理や開墾《かいこん》の手伝いで大変だろうし、そんなに気にしなくていいよ」

「そう言って頂けると、助かりますぞ」

ゴルディは申し訳なさそうに肩を窄《すぼ》めてレイラの隣に座った。

「これで揃《そろ》ったでありますね」

「まだ揃ってないよ」

「誰が来ていないのでありますか？」

フェイが不思議そうに首を傾《かし》げたその時、扉が開いた。

「会議室に呼び出すなんて――ッ！」

エレナはぶつくさ言いながら入室し、びくっと体を竦《すく》ませた。

「ちょっと、こんなに集まってるなんて聞いて――」

「ほら、ぼさっと突っ立《た》ってるんじゃないよ」

エレナは最後まで言葉を紡《つむ》げなかった。背後から女将《おかみ》がチョップしたのだ。

「なんで、叩《たた》くのよ！」

「ボーッと突っ立てるのが悪いんだよ」

エレナが両手で頭を押《お》さえながら抗議《こうぎ》するが、女将は何処《どこ》吹《ふ》く風《かぜ》だ。

「いきなり人の頭を叩く方が悪いわよ」

「はいはい、あとでいくらでも謝《あやま》ってやるよ。だから、さっさと席に着きな」

「ちゃんと謝ってよね」

エレナは唸《うな》るように言って歩き出す。

「もうちょい速く歩きな」

「きゃッ！」

女将がぴしゃりとお尻《しり》を叩き、エレナは可愛《かわい》らしい悲鳴を上げて飛び上がった。振《ふ》り返り、女将を睨《にら》み付《つ》ける。だが、女将は胸を強調するように腕《うで》を組み、正面から視線を受け止めた。やはりというべきか、先に視線を逸《そ》らしたのはエレナだった。持てる者と持たざる者の悲哀《ひあい》がそこにはあった。

「くッ、覚えてなさいよ」

「もう忘れちまったよ」

うぐ、とエレナは呻《うめ》きながらレイラの後ろに座った。その隣に女将が座る。

クロノは教卓の前に立ち、会議室にいるメンバーを見回した。

「ようやく会議開始みたいな」

「ベッドにお呼ばれはなさそうだし。残念無念みたいな」

「全員が揃ったので会議を始めます」

アリデッドとデネブが体を起こし、クロノは会議の開始を宣言した。

「実は、神聖アルゴ王国と戦争をすることになりました」

「え？　何だってみたいな？」

「『せ』で始まって『う』で終わる不吉《ふきつ》な言葉を聞いた気がするし」

アリデッドとデネブが耳に手を当てて聞き返してきた。

「神聖アルゴ王国と戦争をすることになりました。出発は明明後日《しあさって》、三日後です」

「いや、ははは、クロノ様は冗談《じょうだん》が上手《うま》すぎだし。ナイスジョーク。超《ちょう》ウケるし」

「ぜ、前回戦ってからそんなに時間が経《た》ってないし。冗談と言って欲しいみたいな」

「冗談だったらよかったんだけどね」

クロノが溜息を吐くと、アリデッドとデネブは押し黙《だま》った。

「そういう訳で戦争です」

「ゆ、夢だし！　これは夢だしッ！」

「と、と、と、とびきり質《たち》の悪い夢みたいなッ！」

「……アリデッド、デネブ」

「「――ッ！」」

静かに名前を呼ぶと、二人は居住まいを正した。会議室が静寂《せいじゃく》に包まれる。全員の視線がクロノに集中する。クロノは二人を見つめ――。

「びっくりした？」

「「当たり前だしッ！」」

クロノの言葉に二人は身を乗り出して叫《さけ》んだ。

「落ち着け、二人とも」

ドンという音が響く。レオが机を叩いたのだ。腕を組み、牙《きば》を剥《む》き出《だ》す。

「神聖アルゴ王国と戦うことは決まったんだ。今更、騒《さわ》いでもどうにもならん」

「それはそうだけどみたいな」

「我《わ》が身《み》の不幸を嘆《なげ》く権利を認めて欲しいし」

何処《どこ》か超然《ちょうぜん》とした雰囲気《ふんいき》を漂《ただよ》わせるレオに二人は呻くような声音《こわね》で抗議した。

「こう考えろ。これは仲間の仇《あだ》を討《う》ち、俺達の力を証明するチャンスなのだと」

「「ポジティブすぎて無理だし」」

アリデッドとデネブは両手で顔を覆《おお》って俯《うつむ》いた。

「水を差すようで悪いけど、僕達《ぼくたち》は補給部隊だから活躍《かつやく》する機会は多くないと思う」

「「は～、よかったし」」

「そうか。それは、残念だ」

クロノの言葉にアリデッドとデネブはホッと息を吐き、レオは口惜《くや》しげに喉《のど》を鳴らした。

「だが、物は考えようだ。クロノ様を守る機会が巡《めぐ》ってきたと思えば悪くない」

「できればそんな事態になって欲しくないんだけどね」

「俺とてクロノ様を危険に曝したい訳ではない。そう、これは気分の問題だ」

気分なの？　と思わず問い返す。できればもう少し高尚《こうしょう》な理由であって欲しかった。

「気分は大事だ。俺は、いや、俺達は命令でしか戦うことができん」

「まあ、兵士が好き勝手に動いたら戦争なんてできないしね」

「その通りだ。だが、俺は納得《なっとく》できる戦いをしたい。命令で嫌々《いやいや》戦うのではなく、な」

「つまり、仕事にやりがいが欲しいってこと？」

「そういうことだ。俺にとってクロノ様のために戦うことはそれだけの価値がある」

「気持ちは嬉しいけど、死に急がないでね」

「もちろんだ。死んだらクロノ様を守れないからな」

レオが牙を剥き出し、エレナが手を挙げた。

「ちょっといい？」

「どうぞ」

「ありがと。戦争が始まるってのは分かったけど、あたし達はいらないんじゃない？」

「うん、そのことなんだけどね」

クロノはエレナの隣――女将を見る。すると、彼女は胸を庇《かば》うように腕を交差させた。何故《なぜ》だろう。すごく警戒《けいかい》されているような気がする。

「女将には皆《みんな》の食事を作ってもらおうと思ってるんだ」

「そりゃ、飯を作れってんなら戦場でだって作るけど、何人分作りゃいいんだい？」

「五百人分だね」

「なんだ、そんなこと……って、できる訳ないだろ！」

女将は胸を撫で下ろし、いきなり声を荒《あら》らげた。

「なに？　できないの？」

「五百人なんて、仕込みだけで一日が終わっちまうよ」

エレナが茶化《ちゃか》すように言うと、女将はうんざりしたような口調で応じた。

「何人いれば作れる？」

「あたしの他《ほか》に最低でも四人は必要だね。ただ、人数が人数だからね。クロノ様にいつも食わせてるレベルの料理は逆立ちしたって作れないよ」

「それでいいよ。じゃ、人集めからお願いできる？」

「ちょいと難しいね。なんたって戦場での飯炊《めした》きだ。命の危険だけじゃなくて、何というか、色々と、ナイーブな問題があるだろ？」

女将はごにょごにょと言った。

「敵兵や、場合によっては味方に襲《おそ》われる可能性があるってことだね」

「ま、まあ、そういうことだよ」

女将は口籠《くちご》もりながら答えた。確かに彼女の懸念《けねん》はもっともだ。

「いくら積めば人を集められる？」

「お金で解決するつもりなの」

クロノの言葉に反応したのはエレナだった。不愉快《ふゆかい》そうに顔を顰《しか》めている。

「時間がないからね。金で解決できる問題なら金で解決するよ、僕《ぼく》は」

「あたしが呼ばれたのはこれが理由か」

エレナは吐き捨《す》てるように言って、ぷいっと顔を背《そむ》けた。クロノは苦笑《くしょう》するしかない。

「そうだねぇ。どれくらい拘束《こうそく》されるんだい？」

「さあ？　一ヶ月掛《かげつか》かるか、二ヶ月掛かるか」

「なら、一ヶ月金貨十枚でどうだい？」

「金貨十枚なんて出せる訳ないじゃないッ！」

エレナは女将に向かって叫んだ。兵士の月給が金貨二枚であることを考えれば破格だ。

とはいえ、それが命に見合う価値かと言われれば首を傾げざるを得ない。

「あたしはクロノ様に言ったんだよ。大体、アンタが金を出す訳じゃないだろ」

「わ、分かってるわよ。ただ、経理担当として一言言っておきたかったのよ」

女将がうんざりしたように言い、エレナは拗《す》ねたように唇《くちびる》を尖《とが》らせた。

「分かった。金貨十枚出すよ」

「念のために言っておくけど、一人頭金貨十枚だよ。あと一ヶ月未満でお役御免《ごめん》になっても金貨十枚は絶対に出しとくれよ」

「分かってる。なんなら先払《さきばら》いでもいいよ」

「太っ腹だねぇ。もちろん、あたしにも払《はら》ってくれるんだろ？」

「ちゃっかりしてるわね」

エレナがぼそっと呟《つぶや》くが、女将は平然としている。

「女将には特別ボーナスで金貨十枚出すよ」

「ボーナスってことは給料も普通《ふつう》にもらえるってことだね」

女将は身を乗り出して言った。目が輝《かがや》いている。

「は～、料理を作って金貨十枚か」

「だったら、アンタも来るかい？」

エレナがぼやくように言うと、女将は挑発的《ちょうはつてき》な笑《え》みを浮《う》かべた。

「料理なんて作れないわよ」

「だろうね。これに懲《こ》りたらちっとは料理の勉強をするんだね。そうすりゃ、アンタみたいなのでももらってくれる人はいるだろうさ」

クッ、とエレナは口惜しそうに呻き、何故かクロノを睨み付けてきた。いや、クロノがあれやこれやしたせいでもうお嫁《よめ》に行けないとか考えているのだろう。多少、申し訳ない気分になる。その時、レイラが手を挙げた。

「クロノ様、質問をよろしいでしょうか？」

「どうぞ」

「はい、補給を担当するという話ですが――」

「はい！　はい！　はいでありますッ！」

レイラの言葉をフェイが遮った。先に発言させていい？　とクロノは視線を向ける。

すると、彼女は小さく頷いた。

「どうぞ、フェイ」

「はい！　フェイ・ムリファイン立候補するでありますッ！」

クロノが促《うなが》すと、フェイは興奮した面持《おもも》ちで言った。隣でケインが深々と溜息を吐く。

「却下《きやつか》です」

「フェイには僕が留守の間に騎兵隊《きへいたい》を率いてもらおうと思ってるんだ」

「私が騎兵隊長でありますか。そ、そうでありますか」

よほど嬉しかったのだろう。フェイはだらしなく相好《そうごう》を崩《くず》し、ハッとケインを見た。

「私が騎兵隊長ということはケイン殿が戦場に行くのでありますか？」

「順当っちゃ順当な人選じゃねーか」

やれやれ、とケインは頭を掻《か》いた。笑みを浮かべているが、瞳《ひとみ》に宿る光は鋭《するど》い。

「いや、ケインも留守番だよ」

「どういうことでありますか？」

「ああ、それに関しちゃ俺も聞きてぇ」

フェイが不思議そうに首を傾げ、ケインが神妙《しんみょう》な面持ちで言った。

「ケインには領主代理を務めてもらおうと思ってるんだ」

「勘弁《かんべん》してくれ。こういうのはシッターさんが適任だろ。何だって、俺なんかが……」

「シッターさんには別の仕事があるし、荒事《あらごと》に慣れてないからね」

「念のために聞くが、拒否権《きょひけん》はあるのか？」

「どうしても嫌なら考えるけど……」

「何故でありますか？」

「分かった。領主代理の件は請《う》け負《お》った。けどよ、そんなに難しい判断はできねーぜ」

「情けないわね」

「面目《めんぼく》ねぇ」

エレナが揶揄《やゆ》するように言うと、ケインはバツが悪そうに頭を掻いた。

「今は農閑期《のうかんき》だし、予算編成も終わってるからそんなに難しい判断は迫《せま》られないよ。それに仕事の半分はシッターさんに任せちゃうし」

「そいつを聞いて少しだけ安心したぜ」

ケインは胸を撫で下ろした。クロノは改めてレイラを見つめた。

「クロノ様、今までの話を聞く限り、大隊を戦地に行く者とエラキス侯爵《こうしゃく》領に残る者に分けることになると思うのですが、人選はもう済んでいるのでしょうか？」

「うん、ミノさんと話し合って決めてある」

背筋を伸ばす。すると、その場にいた全員が背筋を伸ばした。少し緊張《きんちょう》する。

「補給隊は古参兵をメインに五百人。内訳は歩兵百、重装歩兵二百、弓兵が二百」

「誰が指揮を執《と》る？」

レオが問《と》い掛けてきたが、自分が選ばれると確信しているかのような口調だった。

「全体の指揮は僕が、補佐《ほさ》はミノさんだけど、歩兵の指揮はレオに任せる」

「任せてくれ。クロノ様は必ず守ってみせる」

「僕だけじゃなくて物資もよろしくね」

「もちろんだ」

レオは力強く頷き、腕を組んだ。ふてぶてしい態度だが、今はそれが頼もしい。

「重装歩兵の指揮はホルスとリザドに任せる」

「……承知」

リザドが言葉少なに答える。ホルスの返事はない。不審《ふしん》に思い、ホルスを見る。彼《かれ》は黙ってイスに座っている。リザドが眼前に手を翳《かざ》すが、ホルスはぴくりとも動かない。それどころか、瞬《まばた》きさえしない。

「……気絶」

ホルス、とクロノは呻いた。彼は気絶していた。それも目を見開いたまま。

「……殴打《おうだ》」

「可哀想《かわいそう》だから気絶させておいてやろう」

拳《こぶし》を握《にぎ》り締めるリザドを制止する。

「弓兵はアリデッドとデネブに指揮してもらう」

「出世したと思ったらあんまりだし！」

「びっくりしすぎて心臓が止まりそうだし！」

クロノはバシバシッと机を叩く二人を見つめ――。

「ホルスの後だからインパクトが今一つだね」

「ま、まさかの駄目出《だめだ》し！」

「気絶なんて狙《ねら》ってできないし！」

二人は涙目《なみだめ》で喚《わめ》いた。

「ミノさんには副官として僕のサポートを、レイラにはエラキス侯爵領で――」

ガタッという音がクロノの言葉を遮った。レイラが立ち上がったのだ。顔色は悪い。

自分も参加すると考えていたのだろう。もちろん、クロノもそれを考えたが――。

「レイラにはエラキス侯爵領でミノさんの代わりに部隊運営をしてもらう。いいね？」

「…………分かり、ました」

長い、長い沈黙《ちんもく》の後でレイラは頷き、イスに座った。

「シロ、ハイイロ、レイラの指示に従うんだよ？」

「俺達、留守番、悲しい」

「けど、クロノ様がいない間、守る」

シロとハイイロはしょんぼりしている。尻尾《しっぽ》も――力なく垂れている。

「私は何をすればよろしいのですかな？」

「まずは矢だね。それと、負傷者が出ると思うからあれもね」

「あれ？　ああ、あれですな。承知しましたぞ。他に仕事はありませんかな？」

「とりあえず、この二つかな。何かあったら追加でお願いすると思うけど」

「分かりましたぞ」

ゴルディが頷き、クロノは改めて会議室にいるメンバーを見つめた。

「僕からは以上だけど、ミノさんから連絡事項《れんらくじこう》はない？」

「ありやせん」

クロノはホッと息を吐いた。どうやら打ち合わせ通りに会議を終えられたようだ。

「じゃ、明明後日までに各自引き継ぎを済ませるように……解散ッ！」

全員が立ち上がり、ケインとゴルディが足早に会議室を出て行く。これからのことを部下と相談するつもりだろう。ゴルディが無理をしないか少しだけ心配だ。

「むふ、騎兵隊長でありますよ、騎兵隊長」

「代理でしょ、代理」

フェイがその場でくるくると回転し、エレナが呆《あき》れたように言う。

「いつかみたいに失敗しないでよね。部屋でべそべそ泣かれるのは迷惑《めいわく》だから」

「エレナ殿は塩対応であります。友達とは、もっと——」

「友達？」

「と、友達でありますよね？」

「どうかしらね？」

「ま、待って欲しいであります！」

エレナがニヤリと笑って歩き出すと、フェイは慌てた様子で後を追った。

「あ～、また戦場だし。百人隊長に出世したのに」

「今度も生きて帰ってくる自信はないみたいな」

「二人とも何を落ち込んでるんだい。そんなんじゃ、生きて帰れないよ」

がっくりと肩を落とすアリデッドとデネブに女将が声を掛ける。すると——。

「あ～、女将のせいで生きて帰れる気がしないし」

「は～、死んだら女将のせいだし」

二人は両手で顔を覆った。チラ、チラと指の間から女将を見ている。

「で、二人とも何をして欲しいんだい？」

「「アイスクリーム！」」

女将の問い掛けに二人は喜色満面で答えた。

「はいはい、作ってやるけど、あんまり食べ過ぎるんじゃないよ」

女将が歩き出すと、アリデッドとデネブはその後に続いた。

「シロ、ハイイロ、手伝ってくれ」

「ホルス、運ぶ」

「俺達、手伝う」

シロとハイイロがレオの下に向かう。

「リザド頼むぞ」

「……承知」

リザドがホルスの腋《わき》に手を入れてイスから下ろす。その拍子《ひょうし》にでろりと舌が出る。白目も剥いている。怖《こわ》いというか、気持ち悪い。

「俺が右脚《みぎあし》を持つ。シロとハイイロは左脚《ひだりあし》だ」

「分かった。左脚」

「左脚、持つ」

リザドがホルスの上半身、レオが右脚、シロとハイイロが左脚を支える。よほど重いのだろう。四人はよたよたしながら会議室を出て行った。

「大将、あっしはこれで」

「お疲れ様《さま》、今日はゆっくり休んでね」

「へい、明日から気合いを入れて働かせて頂きやす」

ミノが頭を下げ、会議室を出て行く。静寂が舞《ま》い降《お》りる。人がいなくなったせいか、室温が一気に下がったような気がした。クロノは立ち尽《つ》くすレイラを見つめた。

「……レイラ」

「何故ですか」

クロノが歩み寄ると、レイラは低く押し殺《ころ》したような声で呟いた。

「レイラを置いていくこと？」

「そうです。常々、クロノ様は公私混同をしないようにと仰《おっしゃ》っていました。これは――」

「公私混同じゃないよ」

レイラの言葉をクロノは遮った。

「分かっていると思うけど、僕の能力は穴だらけなんだ」

「そんなことは……」

ありません、とレイラは蚊《か》の鳴くような声で言った。声の小ささが自分の言葉を肯定《こうてい》しているように感じられてクロノは苦笑した。苦笑することしかできなかった。

「その穴をミノさんに補ってもらわなきゃいけない」

「アリデッドとデネブの代わりに連れて行って頂くことはできないでしょうか？」

「レイラ、僕は本当に公私混同している訳じゃないんだよ」

どうして分かってくれないのだろうと思いながら努めて優《やさ》しく声を掛ける。

「ミノさんと話し合って、皆を纏《まと》めてエラキス侯爵領の治安を守れるのはレイラしかいないって判断したんだ。分かってくれるよね？」

我ながら卑怯《ひきょう》な言い方だと思う。同意を求めているようで理解を強制しているのだから。さらに質の悪いことにクロノにはレイラが頷く確信があった。

「…………分かりました」

「理解してもらえて嬉しいよ」

耳に触《ふ》れようと手を伸ばす。だが、レイラはわずかに体を強《こわ》ばらせた。嫌な思いをさせるだけかと手を下ろす。すると、レイラは驚《おどろ》いたように目を見開いた。そして、打ちのめされたような表情を浮かべて項垂《うなだ》れる。

「申し訳、ございません。気分が悪いので……」

「うん、分かった。お大事にね」

「…………はい、失礼いたします」

長い長い沈黙の後でレイラは頷き、会議室を出て行った。

クロノは誰もいなくなった会議室で深々と溜息を吐いた。

※

翌朝――クロノはカーン、カーンという音で目を覚ました。槌《つち》を打つ音だ。どうやらゴルディ達は今日も真面目に働いているようだ。そんなことを考えながら隣を見るが、そこにレイラの姿はない。当然か。昨夜、レイラはクロノの部屋を訪《おとず》れなかったのだから。

「……起きるか」

はッ、と気合いを入れてクロノは体を起こした。直後、トントンという音が響いた。弱すぎず、強すぎず、絶妙《ぜつみょう》の力加減だ。アリッサに違いない。

「どうぞ！」

クロノが声を張り上げると、ガチャという音と共に扉が開いた。予想通り、扉の向こうに立っていたのはアリッサだった。恭《うやうや》しく一礼して入室する。

「寝坊《ねぼう》しちゃったかな？」

「いいえ、寝坊というほどでは。シェーラに起こしに行って欲しいと頼《たの》まれたので」

「シェーラ？」

「コックの、女将の名前です」

「それは分かってるよ。いつの間にそんなに仲よくなったのかなって」

「以前はシェーラ様と呼んでいたのですが、背中が痒《かゆ》くなると」

その時のことを思い出しているのか。アリッサは微苦笑《びくしょう》を浮かべている。

「旦那様《だんなさま》、御髪《おぐし》が……」

アリッサが遠慮《えんりょ》がちに声を掛けてきた。

「寝癖《ねぐせ》ならあとで直すよ」

「少々、お時間を頂けるのなら私が……」

「じゃ、お願いしようかな」

クロノはベッドから下り、机に向かった。イスに座ると、アリッサが机の引き出しから櫛《くし》を取り出して髪《かみ》を梳《す》き始めた。優しく、丁寧《ていねい》な梳《と》かし方だ。

「痛くありませんか?」

「大丈夫《だいじょうぶ》だよ。それよりも僕の髪はどう?」

「……少し痛んでいるようです」

アリッサはやや間を置いて答えた。どうやらクロノの気持ちは伝わらなかったようだ。

仕方がない。もっと直截《ちょくせつ》な表現を使うしかないようだ。

「領主になってから心労続きなんだけど、髪の毛《け》は薄《うす》くなっていませんか？」

「旦那様、どうして丁寧な言葉遣《ことばづか》いを？」

「ハゲとか、ハゲとか、ハゲとかないですか？」

アリッサの問い掛けを無視して尋《たず》ねる。

「ございません」

「本当に？」

「はい、ございません」

よかった、とクロノは胸を撫《な》で下《お》ろした。とはいえ、アリッサはメイドだ。クロノの気持ちを慮《おもんぱか》って優しい嘘《うそ》を吐いている可能性がある。手鏡を買って自分で確認《かくにん》すべきか。

「旦那様は……いえ、何でもございません」

「男は薄毛《うすげ》を気にする生き物なんだよ」

「あの、そういう意味ではありませんので」

アリッサは戸惑《とまど》っているかのような口調で言った。その間も手は動いている。

「そういえばアリスンの髪はアリッサが結《ゆ》ってるの？」

「はい、母親としてできることがあまりないものですから。せめて、髪くらいはと」

そんなことはないと思う。確かに一時期は体を壊《こわ》して働けなかったが、今はメイド長として立派に娘《むすめ》を養っている。そこでアリッサが朝から晩まで侯爵邸《こうしゃくてい》で働いていることに気付く。つまり、アリッサが母親業に専念できないのはクロノのせいだ。

「長時間労働させちゃってごめんね」

「いいえ！　いいえッ！　旦那様が謝る必要はございませんッ！」

アリッサは手を止めて叫んだ。突然《とつぜん》のことだったので、びくっとしてしまった。

申し訳ございません、と蚊の鳴くような声で言い、手を動かし始める。

「旦那様には本当に感謝しております。私達《たち》、親子を保護して下さったばかりか、職と家まで頂いて。これほどの恩を受けているのに謝罪など、立つ瀬《せ》がございません」

「そんなに申し訳ないと思う必要はないよ。僕はアリッサが欲《ほ》しかったから――」

「――ッ！」

アリッサが息を呑《の》み、頭皮に痛みが走る。驚いて髪を引《ひ》っこ抜いてしまったのだ。

「も、申し訳ございません！」

「いや、今のは言い方が悪かった。僕はメイドの仕事に詳《くわ》しい人が欲しくて二人を保護しただけなんだ。だから、そんなに気に病《や》む必要はないよ」

「旦那様の思惑《おもわく》がどうであれ、私はこの恩を一生掛《か》けて返すべきだと考えております」

「あまり深刻に考えないでね」

はい、とアリッサは間を置いて答え、再び手を動かし始めた。

「ところで、アリスンはどう？」

娘のことを切り出されて驚いたのだろう。わずかに髪を梳かすスピードが落ちる。

「アリスンですか？」

「うん、変わったことはない？」

「最近は勉強に力を入れているようです」

「へ～、そうなんだ。交友関係はどう？」

「それが、その、あまり友達がいないようで。先日は犬が友達と……」

「ああ、犬っていうのはシロとハイイロのことだよ。ほら、狼《おおかみ》の獣人《じゅうじん》の」

「そういうことですか。ワンちゃんと言っていたものですから本物の犬かと」

アリッサはホッと息を吐く。やはり、母親なのだなと思う。

「二人が仲よく暮らせるように僕も頑張らないとね」

「……旦那様」

また髪を梳かすスピードが落ちる。手が震《ふる》えているような気もする。

「どうかしたの？」

「いえ、大変な時期にもかかわらず、ご自身のことではなく、私どものことを……」

アリッサは声を詰《つ》まらせながら言った。どうも彼女《かのじょ》は涙脆《なみだもろ》いようだ。

「寝癖はもう直った？」

「あ、はい、終わりました」

ふわりと風が流れる。アリッサが離《はな》れたのだ。クロノが立ち上がると——。

「旦那様、お着替《きが》えを手伝わせて頂けないでしょうか？」

アリッサが意を決したように言い、クロノは振り返《かえ》った。神妙な面持ちだ。心なしか瞳が潤《うる》んでいるように見える。もちろん、断ることもできるが——。

「お願いできるかな？」

「はい、お任せ下さい」

アリッサは今にも泣き出しそうな表情で頷《うなず》いた。

※

クロノが食堂に入ると、女将がテーブルの前を行ったり来たりしていた。テーブルの上に置かれた朝食はパン、スープ、ソーセージの盛り合わせというメニューだ。作ってから時間が経っているらしく湯気は立っていない。不意に女将が立ち止まり——。

「遅《おそ》い！　何を――」

「申し訳ございません」

女将が言い切るより速く、アリッサが深々と頭《こうべ》を垂れた。女将はきょとんとしている。

「旦那様の御髪を整えるのに時間が掛かってしまい――」

「あ～、はいはい、分かったよ」

「ですが――」

「分かったから頭を上げとくれよ」

アリッサはなおも言いつのろうとしたが、女将はうんざりした様子で言葉を遮《さえぎ》った。

「申し訳ございません」

「だから、もういいって」

アリッサが改めて頭を下げ、女将には溜息《ためいき》交じりに呟いた。怒《おこ》られることを覚悟《かくご》していたのだが、見事な手腕《しゅわん》だった。機先を制するというのは武道だけの極意《ごくい》ではないようだ。

「では、旦那様。私はこれで」

「うん、手間を取らせて悪かったね」

「いいえ、旦那様に尽くすことが私の喜びですから」

そう言って、アリッサは踵《きびす》を返した。クロノは黙って彼女の後ろ姿を見送り、女将を見る。ムッとしたような表情を浮かべている。怒《いか》りが再燃したみたいだ。

「ボーッと突《つ》っ立《た》ってないで座《すわ》っちゃどうだい？」

「そうだね」

クロノが席に着くと、女将《おかみ》は苛々《いらいら》した様子で対面の席に座った。

「いただきます」

「どうぞ、召《め》し上《あ》がれ」

クロノはパンに手を伸《の》ばした。チラチラと女将を見ながらパンを二つに割り、片方を頬《ほお》張《ば》る。女将が苛々しているからか、あまり美味《おい》しく感じられない。

「……遅くなってごめんね」

「本当だよ。あたしだって忙《いそが》しいってのに」

女将はぷいっと顔を背けた。一体、何に拗ねているのだろう。そんなことを考えながら今度はスープを呑む。チラリと女将が視線をこちらに向け——。

「で、何かあったのかい？」

「何かって何が？」

「何かは何かだよ。その、アリッサと……」

女将はごにょごにょと言った。可愛らしい反応だ。思わず口元が綻《ほころ》んでしまう。

「そ、それで、何もなかったんだろうね？」

「髪を梳かしてもらって、着替えを手伝ってもらっただけだよ」

「着替えを手伝ってもらったって、子どもかい」

「まあ、成り行きで」

女将は訝《いぶか》しげに眉根《まゆね》を寄せた。どんな成り行きか理解できないのだろう。

「何もなけりゃいいよ、何もなけりゃ」

「何かあったら困るの？」

「そりゃ！　同じ職場で働いてるからね。何かあったらどんな顔して会えばいいんだい」

女将は声を張り上げたが、声は尻《しり》すぼみに小さくなっていった。

「今からそんな心配をしなくても……」

「なかなか食堂に来ないから邪推《じゃすい》しちまったんだよ」

「もっと信用してくれてもいいのに」

「何処《どこ》に信用する要素があるってんだい」

女将はムッとしたように言った。マズい。話題を変えなければ。

「そういえば、いつの間にアリッサと名前で呼び合う仲になったの？」

「いつの間にって、そりゃ、頻繁《ひんぱん》に顔を合わせてるからね」

「そんなに接点ってある？」

「同じ屋敷《やしき》で働いてるんだ。接点なんていくらでもあるさ」

「二人の時はどんな話をしてるの？」

「そうだねぇ。仕事の話をしたり、新作のお菓子《かし》について批評してもらったりしてるね」

「へ～、そうなん……」

相槌《あいづち》を途中《とちゅう》で止める。二人とも真面目《まじめ》だな～と流しそうになったが――。

「女将、それは茶飲み話なのでは？」

「何を言ってるんだい。あたし達は仕事の話をしてるんだよ、仕事の話を」

「新作のお菓子を食べた記憶《きおく》がないんだけど？」

「あまり上手《うま》くいかなくてね。流石《さすが》に失敗作を食わせる訳にゃいかないだろ」

女将はさも当然のように言った。

「まあ、いいけどさ。ああ、お菓子といえばアリデッドとデネブはどうだった？」

「あの二人ならアイスクリームをばくばく食べて、新作のお菓子を強奪《ごうだつ》してったよ」

「新作のお菓子って？」

「飴玉《あめだま》だよ、飴玉。折角《せっかく》、アリッサにお土産《みやげ》として持たせてやろうと思ったのに」

「ふ～ん、飴玉か」

「クロノ様も欲しいのかい？　ったく、領主様といってもまだまだお子ちゃまだねぇ」

「いや、そうじゃなくて補給隊の皆に渡《わた》せないかと思って」

「五百人分も飴玉を作るのかい」

女将は顔を顰めた。五百人の飴玉を一人で作らせるのは鬼《おに》の所行だが——。

「うん、みんな喜ぶと思うし、飴玉は疲労《ひろう》回復に役立つと思う。どうかな？」

「そんな捨てられた子犬みたいな目で見るんじゃないよ」

女将はクロノから顔を背けた。しばらくして——。

「…………分かったよ」

「わ〜い、ありがとう。女将、大好き」

「ったく、あたしってヤツは」

女将は両手で顔を覆《おお》い、再び溜息を吐《つ》いた。

「飴《あめ》を作ってくれたら肩《かた》を揉《も》んであげるよ」

肩？　と女将はこちらを見て、ダース単位で苦虫を噛《か》み潰《つぶ》したような表情を浮かべた。

「それで、どうやって肩を揉むんだい？」

「何か問題が？」

「手の平を上に向けて肩を揉めるのか聞いてるんだよ」

「試《ため》してみる価値はあると思う」

クロノが手の平を上に向けたまま上下させると。女将はまたしても溜息を吐いた。

「ないよ、ないない。あるもんか」

「女将はつれないな〜。あんなに愛し合った仲なのに」

「そんなに揉みたいんならレイラ嬢《じょう》ちゃんのを揉みゃいいじゃないか」

グッ、とクロノは呻《うめ》いた。すると、女将は驚いたように目を見開いた。

「なんだ、喧嘩《けんか》でもしたのかい？」

「喧嘩というか、安全保障上の問題で意見の対立が……」

「小難しく言ってるけど、要するに喧嘩だろ」

はい、とクロノは頷き、がっくりと肩を落とした。

「これから戦地に行くんだ。とっとと謝《あやま》っちまいな」

「簡単に言うけどさ」

は〜、とクロノは溜息を吐いた。すると、女将はふふんと鼻を鳴らした。

「なんで、鼻で笑うの？」

「クロノ様が考えてることを当ててやろうか？　自分は悪くない、だろ？」

軽く目を見開く。どうして、分かったのだろう。

「どうして、分かったのかって顔だね」

「二度びっくりだよ。どうして、分かったの？」

「自分が間違《まちが》ってると思ったら喧嘩にならないからだよ。だから、とっとと謝っちまいな」

「でも、すごく考えて出した結論なんだよ？」

「ったく、クロノ様は女心が分かっちゃいないねぇ。理屈《りくつ》として正しいかなんてどうでもいいんだよ。問題はレイラ嬢ちゃんの気持ちを蔑《ないがし》ろにしちまったってことなんだから」

ぐッ、とクロノは再び呻いた。確かにレイラの気持ちを無視してしまった。

「でも、どうやって謝ればいいんだろう」

「そりゃ、君の気持ちを考えてなくてごめんって言えばいいんだよ」

「簡単に言うな～」

「男女の仲が拗《こじ》れる原因なんて簡単なもんなんだよ」

クロノがぼやくと、女将は軽く肩を竦《すく》めた。

「さらに拗れる前に謝っちまいな。もう謝る機会がないかも知れないんだからね」

「分かった。頑張《がんば》ってみる」

「人間、素直《すなお》が一番だよ。さあ、さっさと飯を食っとくれ」

女将が満足そうに頷き、クロノはパンを頬張った。

※

クロノが侯爵邸を出ると、ゴルディの工房《こうぼう》からは槌を打つ音が響《ひび》き、紙工房からは湯気が立ち上っていた。こんな時だからか。見慣れた光景に安堵《あんど》感《かん》を覚える。

「まずは病院に行って、次にピクス商会か。あと、レイラに謝らないと」

クロノは工房の前で立ち止まった。ゴルディとマントを着たリザドがいたからだ。

「二人とも何をしてるの？」

「おお、これはクロノ様。今、リザードマン用の冬期装備を確認している所ですぞ」

「冬期装備って、あのマントのこと？」

「そうですぞ」

ゴルディが手招きすると、リザドは歩み寄り、クロノの前でくるりと回転した。

「どうですかな？」

「似合ってるんじゃないかな？　でも、どうしてマントを？」

「リザードマンは寒さに弱いですからな」

「そっか、やっぱり寒さに弱かったんだ」

寒いと動きが鈍《にぶ》くなるって分かってたのに、とクロノは頭を掻いた。

「さらに！」

ゴルディが叫《さけ》ぶと、リザドがマントを開いた。装備が露《あら》わになる。リザドは胸当て、腰《こし》布を身に着けていた。腕《うで》は籠手《こて》に、脚《あし》は脚甲《きゃっこう》に覆われている。

「胸甲冑《ブレストアーマー》じゃないいんだ。鎖帷子《チェインメイル》もないし」

「どうもリザードマン達に不評でしてな」

「……寒い」

リザドが呟《つぶや》く。確かに寒さに弱いのに金属製の装備は酷《こく》か。体温を奪《うば》われてしまう。

「そこで、革製《かわせい》の胸当てとマントの出番ですぞ。まあ、胸当ては金属で補強してますが」

「う～ん、防御力《ぼうぎょりょく》は大丈夫なの？」

「革《かわ》は耐久性《たいきゅうせい》の高い素材ですからな。生半可な攻撃《こうげき》では胸当てはおろか、マントさえ貫《つらぬ》けませんぞ。もし、この二つを同時に貫きたいのなら私の工房で作った武器が必要ですな」

「身近に貫ける武器が！」

クロノは短剣《たんけん》に触れた。この短剣はゴルディが工房で作った武器一号として献上《けんじょう》してくれたものだ。素人目《しろうとめ》にもすごい武器だと分かったが――。

「そんなにすごい武器なんだ」

「きちんと力を込めれば板金鎧《プレートアーマー》でも貫けますぞ」

「僕《ぼく》の場合は工夫《くふう》が必要だね。話は変わるけど、あれは？」

「順調ですぞ」

ゴルディは工房を見つめた。視線の先では涙滴型《るいてき》の金属器が火に掛けられている。

「どれくらい作れそう？」

「出発までに小樽《こたる》一つ分は作れるでしょうな」

「十分な量だね。念のため僕の分はワインの空《あ》き瓶《びん》に詰めておいてくれないかな？」

「承知しましたぞ」

「じゃ、僕は病院に行ってくるね」

「なんと、お体の調子が――」

「いやいや、軍医の件だよ。根回しはシッターさんにお願いしたけど、大切なスタッフを引き抜《ぬ》いちゃう訳だから顔合わせくらいはしておかないと」

「そうでしたか。安心しましたぞ」

「今度こそ行くね」

「お気を付けて」

「……注意」

じゃ、とクロノは手を上げる。すると、ゴルディとリザドも手を上げた。二人に見送られて侯爵邸の門を潜《くぐ》り抜けた次の瞬間《しゅんかん》――。

「「クロノ様、発見みたいなッ！」」

アリデッドとデネブに左右から腕を掴《つか》まれた。

「こんな所で奇遇《きぐう》みたいな」

「そうそう、運命を感じちゃうし」

「なんで、待ち構えてたの？」

「ま、まま、待ち構えていたなんて人聞きが悪いし」

「そ、そうだし。あたしらは待ち構えてなんていないみたいな」

「何か壊した？」

「あたしらは子どもかみたいな！」

「そうだし！　何も壊してないしッ！」

二人はクロノから離れると声を張り上げた。クロノは『あたしらは子どもかみたいな！』と言った方を見つめた。予想通りならば――。

「何を壊したか正直に言うんだ、アリデッド」

「や、あたしはデネブだし」

「ごめん、デネブ。お詫《わ》びに耳を撫でてあげよう」

「それくらいでお詫びとか……と言いつつ撫で撫での魅力《みりょく》に抗《あらが》えないみたいな」

　クロノが優しく耳に触れると、自称《じしょう》・デネブはくすぐったそうに笑った。

「やっぱり、君はアリデッドだ」

「デネブだし。あたしをアリデッドというのなら証拠《しょうこ》を提示して欲しいし」

　自称・デネブは名残惜《なごりお》しそうにしながらクロノから離れて正面に回り込んだ。

「アリデッドは耳を撫でるとくすぐったそうにするけど、デネブは目を潤ませるんだよ」

「そんなの証拠にならないし！」

「そうだし！　そうだしッ！」

「あと、今までのパターン的に話す時はアリデッドが先に口を開く」

「──ッ！」

　二人はハッと息を呑んだ。

「うぐぐ、それは証拠じゃないし」

　自称・デネブはなおも抗弁《こうべん》した。どうしたものかと思案を巡《めぐ》らせ、妙案《みょうあん》を思い付いた。

　クロノは財布《さいふ》から銀貨を取り出し、アリデッド（仮）に差し出す。

「いつもお疲《つか》れ様、アリデッド。これで美味しいものでも食べなさい」

「わーい、ありがとうみたいな！」

アリデッド(仮)は銀貨を受け取ろうとしたが、できなかった。自称・デネブが横からクロノの腕を掴んだのだ。自称・デネブはしまったという表情を浮《う》かべていた。

「デネブ、僕はアリデッドにお小遣《こづか》いをあげようとしていたんだけど？」

「う、ぐッ、それは……」

自称・デネブは口籠《くちご》もった。だらだらと脂汗《あぶらあせ》を流している。アリデッドと認めることがそんなに苦痛なのかと思わないでもない。自称・デネブは立ち尽くしていたが——。

「あ～！　もう！　分かったし！　あたしがアリデッドだし！」

自称・デネブ——アリデッドは堪《こら》えきれなくなったように叫んだ。

「だから、銀貨を下さい」

「素直に認めなかったから駄目《だめ》」

「ああ、あんまりだし」

クロノが銀貨を財布に収めると、アリデッドはがっくりと頭を垂れた。

「ところで、どうしてここにいるの？」

「補給隊のメンバーは非番になったみたいな」

「特にやることもなかったから遊びにきたし」

アリデッドが拗《す》ねたような口調で言い、デネブが後に続く。

「遊びにといっても僕も仕事があるから」

「たとえばどんな？」

デネブが可愛《かわい》らしく首を傾《かし》げる。アリデッドはといえばそっぽを向いている。

「病院に行ったり、ピクス商会に行ったり」

「お邪魔《じゃま》じゃなければ付いていきたいし」

「面白《おもしろ》くないけど、それでよければ」

「それで構わないし」

「じゃ、行こうか」

クロノが歩き出すと、デネブが腕を絡《から》めてきた。直後、ぐいっと反対側の腕を引っ張られる。アリデッドが腕を絡めてきたのだ。

「どうしたの、自称・デネブ？」

「うぐぐ、クロノ様は意地悪だし」

クロノはアリデッドとデネブを侍《はべ》らせて歩き始めた。

※

クロノ達が病院の塀《へい》沿いを歩いていると、ホルスが病院の正門から出てきた。レオとタイガに支えられている。こちらに気付いたのだろう。三人が立ち止まる。

「三人ともどうかしたの？」

「ホルスが、体調が悪いというので医者に診《み》せてきた所だ」

レオがホルスに視線を向ける。確かにぐったりと項垂れているが――。

「それで、どうだったの？」

「何ともなかった。仮病《けびょう》だ」

「仮病は言いすぎでござるよ」

吐き捨《す》てるように言ったレオをタイガが窘《たしな》める。すると、ホルスが顔を上げた。

「そうだそうだ。おらは本当に体調が悪いだ。仮病扱《けびょうあつか》いなんてあんまりだ」

「朝食をおかわりしていたくせに体調不良とは笑わせる」

「その後に体調が悪くなっただ。ああ、何だか吐き気《け》もするだ。お、おぇぇぇ……」

ホルスは前傾《ぜんけい》になってえずいた。おぇぇぇ、おぇぇぇ、とさらにえずく。だが、クロノは彼《かれ》が期待に満ちた目でこちらを見た瞬間を見逃《みのが》さなかった。

「そんなに戦争に行きたくないの？」

「そうじゃねぇだ。本当に体調が悪いだ」

ホルスは力なく頭を振《ふ》った。恐《おそ》らく、体調が悪いというのは嘘ではないだろう。学校をズル休みする時、気分が悪いと言っている内に本当に気分が悪くなってくるあれだ。

「じゃあ、今日は宿舎に帰ってゆっくり休みなよ」

「分かっただ」

ホルスが涙目《なみだめ》で頷く。行くぞ、とレオは短く告げ、ホルスを引き摺《ず》って歩き出した。

「「クロノ様、お優しいみたいな」」

「気持ちは分かるからね。まあ、連れて行くことには変わらないけど」

「「クロノ様、超厳《ちょうきび》しいし」」

クロノ達は病院の正門を通《とお》り抜ける。扉《とびら》の前まで行くと、アリデッドとデネブがクロノから離れ、扉を開けた。その向こうには白いローブを着た女性が立っていた。病院の看護師だ。驚いたようにこちらを見ている。

「え、エラキス侯爵《こうしゃく》！」

「お久しぶりです。院長先生はいますか？」

「あ、はい、少々お待ち下さい」

看護師は踵を返し、早足で歩き出した。五歩ほど進んでこちらに向き直り――。

「こちらにどうぞ。応接室までご案内します」

「ありがとうございます」

「いいえ、とんでもないです」

看護師はぎくしゃくと歩き出した。背後からバタンという音が響き、柔《やわ》らかな感触《かんしょく》が二《に》の腕に当たる。アリデッドとデネブが再び腕を絡めてきたのだ。

クロノは看護師の後に続く。廊下《ろうか》の途中で看護師が立ち止まり、扉を開ける。そこは膝《ひざ》くらいの高さのテーブルを挟《はさ》んでソファーが向かい合うように配置された部屋だった。

「どうぞ、こちらでお待ち下さい」

「分かりました」

クロノ達は応接室に入り、ソファーに腰を下ろした。扉が閉まり、むふーという音が聞こえた。隣《となり》を見ると、アリデッドが慎《つつ》ましい胸を張っていた。

「なんで、胸を張ってるの？」

「看護師の態度に大満足だし。まるでひとかどの人物になった気分みたいな」

「人それを虎《とら》の威《い》を借る狐《きつね》というみたいな」

アリデッドが鼻息も荒《あら》く言うと、デネブが突っ込みを入れた。あまり偉《えら》そうな態度を取られても困るので釘《くぎ》を刺《さ》しておくことにする。

「アリデッド、礼儀《れいぎ》は大事だよ」

「それは分かってるけど、少しくらい偉ぶってもバチは当たらないみたいな」

「バチは当たらないかも知れないけど、処罰《しょばつ》はするよ」

え？　とアリデッドはこちらを見た。

「可愛い部下がちょっと調子に乗ったくらいで処罰するとか有り得ないし」

「可愛い部下を処罰すれば皆《みんな》に対する警告になるね」

「うぉぉぉぉぉ！　クロノ様が鬼のようなことを言ってるみたいなッ！」

アリデッドは獣のように吠《ほ》えた。

「僕としては可愛い部下を処罰したくないんだけど、アリデッドはどう？」

「い、嫌《いや》だな～みたいな。冗談《じょうだん》だし、ちょっと小粋《こいき》なジョークみたいな」

「よかった。信じてるからね？」

「と、とても信じている目じゃないし」

クロノが微笑《ほほえ》みかけると、アリデッドは体を引いた。

「返事は？」

「はい、偉ぶらないと誓《ちか》いますみたいな」

アリデッドは神妙《しんみょう》な面持《おもも》ちで頷いた。薬が効きすぎたかな、と少しだけ反省する。処罰という言葉がマズかったか。もっと軽い表現は——。

「……お仕置き」

「偉ぶらないって誓った後なのにお仕置きとかあんまりだし！」

クロノがぼそっと呟くと、アリデッドは涙目で縋《すが》り付《つ》いてきた。

「デネブデネブデネーブッ！　お姉ちゃんがピンチだし！」

「ま、まま、巻き込まないで欲しいし！」

「苦しみや悲しみや不幸を分け合うって約束したみたいな！」

「ミスの責任は自分で負うべきだし！」

「こ、ここ、この薄情者《はくじょうもの》！」

アリデッドは叫び、クロノの太股《ふともも》越《ご》しにデネブに掴み掛かった。次の瞬間、ガチャという音が響き、二人は動きを止めた。音のした方を見ると、髭《ひげ》を蓄《たくわ》えた男性が扉を開けた姿勢のまま動きを止めていた。その背後にいるひょろりとした体型の青年は驚《おどろ》いたように目を見開いている。髭の男が院長、若い男が軍医候補に違《ちが》いない。

しばらくして院長は歩き出し、クロノの対面の席に座った。かなり遅《おく》れて若い男も動き出す。若い男が院長の後ろに立ち、アリデッドとデネブが居住まいを正す。こちらの準備が整ったと判断したのだろう。院長が口を開いた。

「初めまして、院長のラハルと申します。後ろにいるのが――」

「は、初めましてクレイと申します」

ラハルとクレイは示し合わせたかのように同じタイミングで頭を垂れた。頭を上げるタイミングもぴったりだ。ひょっとして親子だろうか。

「こちらこそ、初めまして。本当はもっと早く来るべきだったんでしょうけど……」

「いえ、クロノ様が……ああ、エラキス侯爵とお呼びした方がよろしいですか？」

「どちらでも好きな方で」

「では、クロノ様と。やはり、エラキス侯爵ですと、前任者のイメージが強いので」

ラハルが身を乗り出して手を差し出してきたので、クロノは手を握《にぎ》り返した。どちらからともなく手を放し、ラハルがソファーに座る。

「話はシッター殿《どの》から聞いております。何でも軍医が欲しいと」

「はい、ご存じかも知れませんが、五月に起きた神聖アルゴ王国との戦いでは軍医がいなかったために大勢の兵士が死亡しました」

「承知しております。本当に、痛ましいことです」

ラハルは小さく頷いた。沈痛《ちんつう》な表情だ。痛ましいという言葉に嘘はないと思わせる。

「それで、どうでしょう？　もし、難しいということでしたら――」

「お待ち下さい」

ラハルは手の平を向け、クロノの言葉を遮った。

「その件についてはお引き受けするつもりでしたので」

「ありがとうございます！」

クロノは勢いよく頭を下げた。こんな簡単に決まるなんて嬉《うれ》しい誤算だ。

「ですが、誰《だれ》を軍医とするかはこちらに選ばせて頂きたいのです」

「それはもちろんです」

クロノが提案を受け入れると、ラハルは胸を撫で下ろした。

「私はクレイを軍医に推薦《すいせん》します」

「――ッ！」

息を呑んだのは背後で控《ひか》えていたクレイだった。

「父さ、いえ、院長。私には無理です」

「無理だと言ってますが？」

クロノはラハルに視線を向けた。父さんと言いかけていたので、親子のようだ。

「腕は確かなのです。ただ、度胸が足りない。クロノ様……」

「何でしょう？」

「クロノ様は神聖アルゴ王国一万に臆《おく》することなく立ち向かったと聞《き》き及《およ》んでおります」

誰がそんなことを、とクロノは呻く。すると、何故《なぜ》かアリデッドとデネブがびくっと体を震わせた。そういえば二人は変な噂《うわさ》を広めていた。あの時、止めなかったことが今になって効いてくるとは——。

「どうか、息子《むすこ》を男にしてやって下さい」

ラハルは深々と頭を垂れた。男になりたいなら娼館に行けと言いたかったが、ぐっと堪える。折角の軍医を逃《のが》す訳にはいかない。しかし、本人にやる気がなければどうにもならない。そもそも、どうして軍医として推薦するのか。親ならば子どもの成長よりも命を惜《お》しむべきではないだろうか。いや、これも親心か。

軍医になれば経歴に箔《はく》が付く。さらに領主とお近づきになれる。このチャンスを逃す手はないだろう。そう考えると筋が通るような気がした。問題はどうしてクレイは嫌がっているのかだ。ちょっとカマを掛けてみるか、とクロノは居住まいを正した。

「……クレイ」

「は、はい、クロノ様」

クロノが呼びかけると、クレイは背筋を伸ばした。

「正直、これはいい話だと思う。もし、君が軍医を引き受けてくれるのなら望む報酬《ほうしゅう》を約束してもいい。留学したいというのなら留学の費用を工面するし、院長の地位を望むのなら可能な限り力を尽《つ》くすと約束する」

「――ッ！」

ラハルが息を呑《の》む。可能な限り力を尽くすとは、院長の座に就《つ》けるという意味だ。何しろ、クロノは領主だ。それくらいのことはできる。望んだ報酬を引き出すことができたからだろうか。ラハルの目はぎらぎらと輝《かがや》いている。

クレイは顔を背《そむ》けた。欲に塗《まみ》れた父親の姿を見たくなかったのだろう。クロノも同種の人間だと思われた可能性もあるが、彼の心底を推《お》し量《はか》ることはできた。

「クレイ、僕はね。労働にはそれに見合う報酬が必要だと考えているんだ」

「は、はあ、そうですか」

クレイはチラチラとこちらを見ながら生返事をした。

「君は病院内の政治に興味はないかも知れないけれどね」

「――ッ！」

クレイはハッとした表情でクロノを見た。

「君はこの報酬を受け取ってもいいし、受け取らなくてもいい。今は使わずに何年後かに使ってくれてもいい。全《すべ》て、自由だ。その上で君に問いたい。君は医者か、それとも自分の知らない所で物事が決まっていくことに反発する子どもかを」

「――ッ！」

クレイの顔が朱《しゅ》に染まる。羞恥《しゅうち》にか、それとも怒りにか。どちらにしてもクロノは彼のデリケートな部分に踏《ふ》み込んでしまったらしい。少し無神経に踏み込みすぎたかなと反省しつつ、身を乗り出す。

「どうだろう？」

「わ、私は……医者です。少なくとも医者の本分を全《まっと》うしたいと考えています」

「つまり？」

「医者として従軍いたします」

「じゃ、決定だ」

クロノは手を打ち鳴らした。これで言質《げんち》は取った。あとで嫌だと言っても遅い。

立ち上がり、クレイに手を差し出す。

「クレイ、詳細《しょうさい》はまた連絡《れんらく》するけど、よろしくね」

「こちらこそ、よろしくお願いします」

クレイは力強く手を握り返してきた。

※

クロノはアリデッドとデネブを侍らせながら商業区の洗練された街並みを進む。帝国《ていこく》有数の商会――その支店が立ち並ぶエリアだけあって人通りはそれほど多くない。

「それにしても、さっきのクロノ様は格好よかったし」

「そうそう、惚《ほ》れ直しちゃうみたいな」

「ありがとう。でも、ここでは何も奢《おご》らないよ」

クロノは礼を言いつつ、釘を刺した。露店《ろてん》でならばいくらでも奢れる。だが、商業区では無理だ。調子に乗って奢ったら財布が空になってしまう。

「そんな下心はないし」

「そうそう本心みたいな」

そんなことを言いながら二人――いや、アリデッドがぐいぐいと腕を引っ張る。

露店が並ぶ広場に行こうとしているのだ。

「露店はあとでね」

「うぐぐ、クロノ様は意外に力があるし。我《わ》が身《み》の非力を呪《のろ》うしかないみたいな」

アリデッドは口惜《くや》しげに呻き、素直に歩き始めた。と思いきや未練が残っているらしくクロノを広場に誘導《ゆうどう》しようとする。彼女《かのじょ》に抗いながらピクス商会に辿《たど》り着《つ》く。クロノ達《たち》が店に入ると、ニコラが駆《か》け寄《よ》ってきた。

「これは、クロノ様」

「シッターさんから話を聞いていると思うんですが……」

「はい、存じております。では、こちらに」

ニコラに先導され、店の奥《おく》にある応接室に移動する。

「どうぞ、お掛《か》けになって下さい」

「ありがとうございます」

クロノ達が座ると、ニコラは対面の席に座った。そして、静かに口を開いた。

「食糧《しょくりょう》と幌《ほろ》馬車の手配をという話でしたが、相違《そうい》ないでしょうか？」

「ええ、間ち——」

「幌馬車ってどういうことみたいな！」

「まさか、あたしらも馬車に乗れるのみたいな！」

クロノの言葉を遮《さえぎ》り、アリデッドとデネブが叫んだ。

「二人とも落ち着いて」

「「は～い！」」

二人がソファーに座《すわ》り直《なお》し、ニコラは苦笑《くしょう》じみた表情を浮かべた。

「ノウジ皇帝直轄領《こうていちょっかつりょう》までは距離《きょり》があるからさ。馬車で移動しようと思ったんだよ。お金は掛かるけど、戦場に辿り着くまでに疲れ切《き》ってたんじゃ本末転倒《ほんまつてんとう》だからね」

「クロノ様は色々と考えてるみたいな」

「徒歩で行軍しなくて済むだけありがたいし」

「そう言ってもらえるとありがたいよ」

二人が感心したように言い、クロノは笑った。改めてニコラに視線を向ける。

「間違いありません。それで、どうでしょうか？」

「幌馬車の手配と食糧については問題ございません」

「ありがとうございます」

「いえいえ、こちらは仕事ですので」

クロノが頭を下げると、ニコラは困惑《こんわく》しているかのような表情を浮かべた。

「それを言ったら僕も仕事ですよ」

「クロノ様は、義務を果たされようとしているのでは？」

「同じことだと思いますよ。ニコラさんがこの店を任されているように、僕もエラキス侯《こう》爵《しゃく》領を任されている。まあ、多少の役得はありますが、渋々《しぶしぶ》でもやらなきゃいけないことも多い。お互《たが》い宮仕えは辛《つら》いですね」

「ええ、確かに上司がいる仕事は辛いものです」

ニコラは静かに頷《うなず》いた。

「クロノ様、差し出がましいようですが……」

「何でしょう？」

「商会長のドミニクに一筆書きたいと考えておりますが、如何《いかが》でしょう？」

「商会長さんに一筆ですか？」

クロノは首を傾げた。物資の手配に関する権限は軍務局が握っているので、一筆書いてもらっても何かできる訳ではないのだが――。

「軍の制度は理解しておりますが、手札は多い方がよろしいのではないかと」

「無料《ただ》じゃないですよね？」

「勉強はさせて頂きますが、こちらも商売ですので」

クロノが念のために確認《かくにん》すると、ニコラは困ったように笑った。

「分かってます。では、お願いできますか」

「はい、こちらこそよろしくお願いいたします」

クロノが手を伸《の》ばすと、ニコラはがっちりと握り返してきた。正直にいえばこの札を使うような事態にはなって欲《ほ》しくないが――。

※

夜――クロノは浴室から戻《もど》るとベッドに倒《たお》れ込んだ。ただただ疲れた。あの後、アリデッドとデネブと別れて執務室《しつむしつ》に戻ったら机の上に書類の山があった。事務官達の気持ちは分かるが、許せないこともある。緊急性《きんきゅうせい》の低い案件――花瓶《かびん》が欲しい、羽根ペンが欲しいなどなど――が紛《まぎ》れ込ませてあったのだ。

「……レイラに謝れなかったな」

ベッドに突《つ》っ伏《ぷ》したまま呟く。今からでも謝りに行くべきではないかと考えたその時、扉を叩《たた》く音が響いた。

「は～い、少々お待ち下さい」

クロノは体を起こし、声を張り上げた。ベッドから下りて扉に向かう。扉を開けると、そこには憔悴《しょうすい》しきった様子のレイラが立っていた。

「どうかしたの？」

「……」

優《やさ》しく声を掛けるが、レイラは無言だ。だが、彼女が打ちのめされていることは分かった。その原因が自分であることも――。

「わ、私、クロノ様に……」

「いいんだよ、レイラ」

ハッとレイラは顔を上げた。顔色は悪く、瞳《ひとみ》は涙で潤《うる》んでいる。彼女にこんな辛い思いをさせているのは自分なのだ。そう考えると胸が痛い。

「レイラの気持ちを考えなくてごめん。僕が悪かったよ」

「――ッ！」

レイラは息を呑んだ。驚いたというのならクロノも一緒《いっしょ》だ。こんな簡単に謝ることができるのなら悩《なや》んだことは何だったのだろう。しばらくしてレイラは頭を振った。

「いいえ！　クロノ様は悪くありません！　私が、私が――」

「いいから。もういいんだよ」

クロノは優しくレイラを抱き締《だし》めた。そのまま部屋に招き入れて扉を閉める。汗《あせ》の臭《にお》いが鼻腔《びこう》を刺激《しげき》する。だが、それだけではない。甘《あま》く、蕩《とろ》けるような匂《にお》いがする。間近で幾《いく》度《ど》となく嗅《か》いだ匂いだ。その匂いを嗅いでいる内に――。

「…………く、クロノ様」

「ごめんなさい」

レイラがおずおずと切り出し、クロノは素直に謝《あやま》った。申し訳ないと心から思うが、匂いを嗅いでいる内にムラムラしてしまったのだ。

「レイラさん、よろしいでしょうか？」

「あの、その、今日は水浴びをしていなくて……」

「よろしいでしょうか？」

「……はい」

クロノが改めて尋《たず》ねると、レイラは躊躇《ためら》うように沈黙《ちんもく》した後で頷いた。肩《かた》に腕を回してベッドに誘導する。何故だろう。何度も肌《はだ》を重ねているのにドキドキした。

「す、座って」

「は、はい」

上擦《うわず》った声が出てしまい、口を押《お》さえる。だが、レイラは気にする素振《そぶ》りも見せず、ベッドの縁《ふち》に腰を下ろす。前に立ち、彼女を見下ろす。耳が垂れ、そわそわしている。愛《いと》しさが込み上げる。だが、だがしかし、クロノにはマイルドに愛し合う余裕《よゆう》がなかった。初めて結ばれた日と同じようにレイラを押し倒す。

「クロノ様、できれば優しく――」

「無理そうです」

クロノはレイラに覆《おお》い被《かぶ》さり、軍服の上から慎ましい胸を愛撫《あいぶ》した。いや、愛撫と呼ぶには乱暴すぎるか。チラリとレイラを見る。金色の瞳に怯《おび》えの色はない。それどころか、蕩けるような表情を浮かべていた。キスしようと唇《くちびる》を寄せ、尖《とが》った耳を甘噛《あまが》みする。びくっとレイラが体を震《ふる》わせる。

「耳が感じるの？」

「い、いえ、そんなことはない……はずです」

「確かめてみよう」

「――――ッ！」

クロノが耳を甘噛みすると、レイラは再び体を震わせた。甘噛みして、舐《な》めて、また甘噛みし、耳の先端《せんたん》を責めてみる。しばらくすると、レイラはくてっとしていた。効果は絶大だったようだ。体を起こし、スカートの中に手を入れる。すると、レイラはハッとしたようにこちらを見た。

「クロノ様！　自分で脱《ぬ》ぎますッ！」

「もう遅《おそ》いよ」

結び目を解き、するするとショーツを下ろす。ああ、とレイラは両手で顔を覆った。クロノはショーツを一瞥《いちべつ》し、ニヤリと笑った。ショーツから手を離《はな》し、脚を開かせる。

「レイラ、今の気持ちは？」

「は、恥《は》ずかしいです」

「そうかな？」

クロノはズボンを脱ぎ、レイラを突《つ》く。何度か繰《く》り返《かえ》す。そのたびにレイラは体を震わせた。やがて、指を開き、こちらを見る。

「どうかしたの？」

「意地悪しないで下さい」

「いや、意地悪してるつもりはないんだよ。そうだ。初めて結ばれた時と同じようにどうすればいいのか教えてくれないかな？」

「――ッ！」

レイラは息を呑んだ。だが、限界を迎《むか》えつつあるのは分かっている。しばらく躊躇った後、下半身に手を伸ばす。

「私のここに、クロノ様のを……」

レイラがぼそぼそと呟く。焦《じ》らしたかったが、忍耐力《にんたいりょく》が残っていなかった。クロノは荒々しくレイラに自身を突き立《た》てた。

※

二日後——とうとう出発の日がやって来た。やって来てしまった。クロノはお腹《なか》を押さえた。お腹の調子が悪い。それに気付いたのだろう。ミノが耳打ちをしてきた。

「大将、トイレに行っちゃあどうですかい？」

「流石《さすが》に、このタイミングは……」

クロノは顔を上げた。侯爵邸《こうしゃくてい》の庭には部下と使用人が集まっている。

「漏《も》らした方がマズいと思いやすぜ」

「多分、大丈夫《だいじょうぶ》」

「頑張《がんば》って下せぇ」

ミノがクロノから離れると、ケインが歩み出た。皆を代表してということだろう。

「クロノ様、ご武運を」

「ケインもしっかりね」

「私に何ができるか分かりませんが、全力を尽くすつもりです」

ケインは背筋を伸ばして答えた。

「シッターさん――」

「次は私であります！」

クロノの言葉を遮り、フェイが歩み出る。は～、とケインは小さく溜息《ためいき》を吐《つ》いた。

「クロノ様、ご武運をお祈《いの》りしているであります！」

「フェイ、サッブに迷惑《めいわく》を掛けちゃ駄目だよ」

「もちろんであります」

フェイはドンと胸を叩いた。何故だろう。底知れぬ不安を覚えるのは。

「改めて。シッターさん、ケインのサポートをよろしくお願いします」

「お任せ下さい、はい。しっかりとサポートさせて頂きます、はい」

シッターがハンカチで汗を拭《ぬぐ》いながら頷き、クロノはアリッサに視線を向けた。

「アリッサ、メイド達と屋敷《やしき》のことは任せたからね」

「承知いたしました。旦那様《だんなさま》の帰りをお待ちしております」

アリッサは震える声で言った。涙を堪えているのだろう。

「ゴルディ、工房《こうぼう》のことは頼《たの》んだよ」

「了解《りょうかい》しましたぞ。クロノ様がいらっしゃらない間も完璧《かんぺき》に工房を稼働《かどう》させてみせますぞ」

「無理しないでね」

「前々から申し上げております通り――」

「働き過ぎて死んだ人はいないんでしょ？」

「その通りですぞ」

クロノが言葉を遮って言うと、ゴルディは胸を張った。エレナを見る。か・び・んと口を動かすと、彼女はびくっと体を竦《すく》ませた。やはり、エレナが要望書を書いたようだ。生《せい》還《かん》してお仕置きしなければ、とクロノは拳《こぶし》を握り締め、レイラに視線を向けた。

「……レイラ」

「クロノ様、ご武う……いえ、ご無事をお祈りしております」

レイラは祈るように手を組んだ。気持ち一つで何とかなるほど戦場は甘くないが――。

「必ず生きて帰るよ」

「はい、お待ちしております」

「俺達《おれたち》、待ってる」

「クロノ様、待ってる」

シロとハイイロが祈るように手を組んで言った。できれば空気を読んで欲しかった。

「心配するな。クロノ様は俺《おれ》が連れ帰る。そうだな？」

「もちろんだ。俺はクロノ様を守ってみせる。命に替《か》えてもだ」

ミノが歩み出て目配せすると、レオは力強く頷いた。

「もちろん、あたしらも頑張るし。レイラも泥船《どろぶね》に乗ったつもりで待ってるみたいな」

「それを言うなら大船だし」

アリデッドにデネブが突っ込む。

「お、おらも、が、頑張るだよ。絶対に生きて帰るだよ」

「……生還」

ホルスは切羽《せっぱ》詰《つ》まったように言い、リザドが舌を出し入れさせながら言う。

「じゃあ、行ってきます」

クロノは踵《きびす》を返し、背後に停まっていた幌馬車に向かった。

こうして、クロノは再び戦場に赴《おもむ》くことになった。

第二章『糧秣』

帝国暦《ていこくれき》四三〇年十二月下旬《げじゅん》──ケインは書類に署名し、署名済みの書類の上に重ねた。

イスの背もたれに寄り掛かり、深々と溜息を吐く。

「俺は領主にゃ向かねぇな。体を動かす方が性に合ってるぜ」

「いえいえ、見事な領主代理ぶりですよ、はい」

ケインがぼやくと、いつの間にやって来たのかシッターがハンカチで汗を拭いながら応じた。びっくりして体を起こす。部屋に入ってきたことにさえ気付かないとは迂闊《うかつ》だ。慣れない仕事で勘《かん》が鈍《にぶ》ったのだろうか。

「追加の仕事です、はい」

「マジかよ」

「嘘《うそ》は申しません、はい」

そう言って、シッターは新たな書類を未署名の書類の横に置いた。くそッ、とケインは悪態を吐き、新たな書類を選《よ》り分《わ》ける。

「は～、余裕があればサップを手伝ってやろうと思ったんだがな」

「フェイ殿は上手《うま》くやっていると聞いております、はい」

「そりゃ、サップ達が必死にフォローしてるからな」

ケインは手を休めた。フォローといえば自分もそうだ。シッターが事務を、レイラが街の警備を上手く回してくれるお陰《かげ》で何とか領主代理の仕事が務まっている。

「では、私はこれで、はい」

シッターは署名済みの書類の束を手に取り、執務室を出て行こうとする。だが、その途《と》中《ちゅう》でよろめいた。転倒《てんとう》こそしなかったが、少しふらふらしている。

「いやはや、申し訳ありません、はい」

「あまり根を詰《つ》めすぎないようにな」

「はい、それでは」

シッターは頭を掻《か》き、今度こそ執務室を出て行った。ケインは再びイスの背もたれに寄り掛かり、深々と溜息を吐いた。

「……大変そうだな」

天井《てんじょう》を見上げたまま呟《つぶや》く。皇帝《こうてい》の崩御《ほうぎょ》、ティリア皇女の病気、そして、戦争。これだけの要素が揃《そろ》っていれば帝都《ていと》で何かあったと分かる。今、シッター達——事務官は岐路《きろ》に立っている。エラキス侯爵領に残るか、帝都に戻るか決めなければならない。前者はともかく、後者は厳しいだろう。帝都に戻れたとしても待っているのは屈辱《くつじょく》と忍耐《にんたい》の日々だ。だからこそ、彼《かれ》らは迷い、彼らを取《と》り纏《まと》めようとしてシッターは苦労している。

「人の心配をしてる場合じゃねーか」

ケインは体を起こし、仕事を再開した。

※

「えっと、麦が――」

「――ご確認下さい」

クロノはクリップボード代わりの板に固定した納品書を見ながら目の前に積まれた糧秣の数を確認する。兵士は一日で千グラムの小麦、肉百五十グラム、塩十二グラムを消費する。それが一万二千五百人分だ。さらに馬の餌《えさ》が加わる。馬は一日で大麦五千グラム、干し草と藁《わら》を四千グラムずつ消費する。これが千頭分だ。正直、数を確認するだけでも相当な手間が掛かる。せめてもの救いは水のことを考えなくて済むことだ。

確認作業を終え、納品書に署名し、さらにその下にある表に必要事項《じこう》を記入する。今まで納品された物資とその消費量、在庫を書き記した表だ。この表で在庫管理をしているのだが、これがまた一仕事なのだ。電卓《でんたく》が恋《こい》しい。

「……どうぞ」

「確かに納めさせて頂きました」

クロノが納品書を差し出すと、仕立てのよい服に身を包んだ男――ピクス商会の商会長ドミニクは笑《え》みを浮《う》かべて受け取った。しげしげとドミニクを見つめる。

「私の顔に何か付いていますか？」

「いえ、商会長さんがこんな所にいていいのかなと」

「はは、正直な方だ」

ドミニクは朗《ほが》らかに笑った。いい笑顔《えがお》だ。出世する男は笑顔も違うのだろうか。

「私の仕事は大まかな流れを決めることですので、店を空けても問題ないのですよ」

「そうなんですか」

「もちろん、快く思わない者もいますが、商会の未来が掛かっているとなれば別です」

はあ、とクロノは相槌《あいづち》を打った。正直、商会の未来と言われてもピンとこない。

「お分かりにならないようですね。紙ですよ、紙」

「そんな大層なものですか？」

「今まで自由都市国家群の言い値で買わざるを得なかったものを安く買えるようになるのです。すごいことだと思いませんか？」

「まあ、そう言われてみればすごいような気がします」

ドミニクは苦笑した。クロノがすごさを理解していないと分かったからだろう。

「やはり、貴方《あなた》は面白《おもしろ》い方だ。できれば今後ともよいお付き合いをしたいものです」

「まさか、僕《ぼく》に挨拶《あいさつ》するために軍務局に働きかけたとか言いませんよね？」

「はは、挨拶のためにそこまでしていたらうちは潰《つぶ》れてしまいます」

ドミニクは朗らかに笑った。

「それで、どうでしょう？」

「そうですね。いいお付き合いをしたいですね」

「それはもちろん。我がピクス商会のモットーは親切、丁寧《ていねい》ですので」

では、とドミニクは恭《うやうや》しく一礼して踵を返した。彼が離れた場所に停めてあった箱馬車に乗ると、ミノが声を掛けてきた。

「大将、いつもの場所に運べばよろしいんで？」

「うん、よろしく」

「よし！　野郎《やろう》どもッ！　さっさと運んじまうぞ！」

ミノが声を張り上げると、遠巻きに見ていた部下――ホルス率いるミノタウロスがぞろぞろと近づいてきた。ミノタウロス達は軽々と麦袋《むぎぶくろ》や樽《たる》を担《かつ》ぎ上《あ》げ、倉庫へ運ぶ。

「さっさと運ぶだ。運んで一休みするだ～」

「……あの野郎」

ホルスが樽を担いで目の前を横切り、ミノはぼそっと呟いた。

「まあまあ、元気になったんだからいいじゃない」

「大将がそう言うんなら大目に見やすがね」

クロノが宥《なだ》めると、ミノは溜息を吐くように言った。

「ところで、大将は大丈夫《だいじょうぶ》なんですかい？」

「下痢《げり》と頻尿《ひんにょう》、不眠《ふみん》に悩んでます」

クロノは天を仰《あお》ぎ、溜息を吐いた。視界の隅《すみ》が黄色く染まっている。演習をしているせいだ。空気の悪さに加え、遠くから聞こえる馬蹄《ばてい》や剣戟《けんげき》の音、さらには日ごとに増していく緊迫感《きんぱく》、あとは――。

「数字ばかり見てるのも影響《えいきょう》してるのかも」

「そんなに大変なんで？」

はい、とクロノは板を差し出した。読めるか心配だったが、ミノは板を手に取り、ページを捲《めく》った。そして、大きな溜息を吐く。

「こうして見ると一日の消費量は馬鹿《ばか》になりやせんね」

「第九、第十二近衛騎士団《きしだん》が加わったらさらに消費量が増えるよ」

クロノは小さく溜息を吐いた。現在、前線基地にいるのはレオンハルト率いる第一近衛騎士団、タウル率いる第二近衛騎士団、帝国各地から召集《しょうしゅう》された八個大隊、それにクロノ達を加えた一万五百人だ。これにさらに二千人が加わると——。

「二百袋余りの麦が一日でなくなるね」

「今更《いまさら》、二、三十袋ばかし増えても変わらない気もしやすがね。そういや、あっしらが本隊に付いていったら誰が糧秣を前線に運ぶんで？」

「誰だろう？　僕達《ぼくたち》が行き来するのは難しいよね？」

「あっしらだけじゃ運ぶだけで手一杯《ていっぱい》でさ」

「だよね。あとで確認してみるよ」

「お願いしやす」

ミノがぺこりと頭を下げる。

「そういえば……」

「どうかしたんで？」

「ミノさんにお礼を言っておこうと思ってさ。昨日、糧秣を盗《ぬす》むヤツがいるかもって言ってくれたでしょ？　お陰で盗人《ぬすっと》を捕《つか》まえられたよ。それにしても糧秣を盗もうとする兵士がいるなんて……」

「まあ、兵士なんてそんなもんでさ」

クロノがぼやくと、ミノは達観したような口調で応じた。ベテランらしい口調だ。

「ところで、大将」

「作戦開始は年明けになると思う」

クロノは声のトーンを落として言った。ミノがチラリと足下《あしもと》を見る。

「大将？」

「まず、僕らは原生林を抜《ぬ》け、その先にある街道《かいどう》を目指す。原生林を行軍ルートに選んだのは自由都市国家群を刺激しないためだね。下手《へた》に刺激して二正面作戦なんて目も当てられないからね。街道に着いたら挟撃《きょうげき》を防ぐために本隊と別働隊に分かれる。別働隊は第二近衛騎士団と一個大隊で編成して、本隊は西に進んでマルカブの街を攻略《こうりゃく》する」

「大将、あっしが言いたいのは――」

「もちろん、別働隊を率いるのはタウル殿《どの》だよ」

ミノの言葉をクロノは遮った。別働隊の兵数は二千。規模としては二個大隊だ。ただの二個大隊であれば不安に感じるだろう。だが、タウルは『鉄壁《てっぺき》』の異名を持つ歴戦の猛者《もさ》だ。彼ならば神聖アルゴ王国軍を押し止《とど》めてくれるはずだ。

「あとは糧秣の問題だね。ここからマルカブまで四日くらいの道のりだけど、順調に進めるとは限らないから糧秣を七日分用意する予定だよ。といっても七日分の糧秣を運ぶだけで二百台近い荷車が必要になるけど。神聖アルゴ王国は湿地《しっち》が多いらしいから水の確保に苦労しなさそうなのは救いかな」

「大将、あっしが聞きたいのはアリデッドとデネブのことでさ」

「アリデッド？　デネブ？」

「クロノ様、すごく怒《おこ》っているのは分かるけど、露骨《ろこつ》に無視されるのは辛いし」

「そろそろ、慈悲《じひ》の心を示して欲しいみたいな」

足下から声が聞こえ、視線を傾《かたむ》ける。すると、アリデッドとデネブが『私達は倉庫から食糧を盗もうとしました』と記された札を首から提《さ》げて正座していた。

「反省してる？」

「じゅ、十分してるし。臑《すね》に食い込む小石が反省を促《うなが》してるし」

「最初は正座だけで許してくれるなんて優しいとか思ったけど、とんでもなかったし」

「まだ余裕がありそうだね。夕方まで延長してみようか」

「む、無理だし！　夕方まで延長とか無理だしッ！」

「小石が臑に食い込む地味な痛みと晒《さら》し者《もの》にされる恥辱《ちじょく》にすでに心が折れかけてるし！」

アリデッドとデネブは涙目《なみだめ》で抗議《こうぎ》した。許すべきか、許さざるべきか。クロノは二人の前を行き来し、足下の石に気付いた。漬《つ》け物石《ものいし》に丁度よさそうなサイズだ。

「い、い、石を抱かせるとか言い出しそうな雰囲気《ふんいき》だし」

「あわわ、こんなことになるなら食糧を盗もうとするんじゃなかったみたいな」

「本当に反省をしているのなら正座できるはずだよね？　たとえそれが地面の上であろうとも、たとえ石を抱いた状態であろうとも、たとえ……」

「「たとえ？」」

クロノが言葉を句切ると、二人は鸚鵡《おうむ》返《がえ》しに呟いた。

「たとえそれが肉を焼き、骨を焦《こ》がす熱せられた鉄板の上であろうとも」

「む、むむ、無理だし！　そんな目に遭《あ》ったら死んじゃうしッ！」

「そ、それはただの拷問《ごうもん》だし！　反省どころじゃないしッ！」

アリデッドとデネブは涙目で抱き合《あ》った。

「もうしない？」

「「しません！」」

念押《ねんお》しで問《と》い掛けると、二人は抱き合ったまま叫《さけ》んだ。

「大将、脅《おど》しすぎですぜ」

「……二人の反応が面白くてね」

「そ、その間《ま》が気になるし」

「あたしらを見下ろす目に底知れぬ恐怖《きょうふ》を感じたみたいな」

クロノが少し間を置いて答えると、二人は怯えているかのような目でこちらを見た。

「冗談《じょうだん》だよ、冗談」

「おや、本当に冗談だったのかい？」

柔《やわ》らかなアルトの声が耳朶《じだ》を打つ。振《ふ》り返ると、リオが笑みを浮かべて立っていた。

「やあ、リオ。一ヶ月《かげつ》ぶりくらい？」

「つれない返事だね。ボクは会いたくて仕方がなかったのに」

リオはクロノに歩み寄り、ぎこちなく腕《うで》を絡《から》めてきた。

「大将、どちらさんで？」

「彼女はリオ・ケイロン伯爵《はくしゃく》。第九近衛騎士団の団長だよ」

「恋人《こいびと》と紹介《しょうかい》してくれないんだね」

「ちょっと待ったみたいな！　彼女と紹介したけど、その人は男だしッ！」

「いい匂いがするけど、男と見たしッ！」

リオが拗《す》ねたように言うと、アリデッドとデネブが詰め寄ってきた。

「いい匂い？」

「「あーッ！」」

クロノがリオの首筋に鼻を近づけて匂いを嗅ぐと、アリデッドとデネブは叫んだ。

「確かに、いい匂いがするね」

「舞踏会《ぶとうかい》でクロノが香水《こうすい》の匂いがきついって言ったから新しいのにしたんだよ。できればそこの二人に指摘《してき》される前に気付いて欲しかったけど」

リオがチラリと地面を見る。視線の先ではアリデッドとデネブが打ちのめされたかのように四《よ》つん這《ば》いになっていた。

「す、すごい敗北感を覚えるし。けど、髪《かみ》の色艶《いろつや》とか、肌のきめ細かさとか負けてるし」

「いい匂いで、これは負けても仕方がないかもと思っちゃったし。これが貴族」

二人は口惜しげに呻《うめ》き、クロノを見上げた。

「どうして、男に手を出したのみたいな？」

「納得《なっとく》のいく説明をお願いしますみたいな」

「なんでって、色々あったんだよ」

「それは色々あってくれないと困るし！」

「あたしらが求めているのはもっと詳細《しょうさい》な説明だし！」

「リオが舞踏会で――」

「「端的《たんてき》にッ！」」

アリデッドとデネブはクロノの言葉を遮り、バシバシッと地面を叩いた。

「分かった。端的に言うと……ムラムラして襲《おそ》った」

「「ケダモノ！」」

アリデッドとデネブは叫んだ。

「僕なりにレイラを愛していると言ったくせにとんでもないケダモノだし！」

「ちょっと感動したあたしの気持ちを返して欲しいみたいな！」

アリデッドとデネブがバシバシッと地面を叩き――。

「……大将」

ミノがぽつりと呟いた。視線を向けると後退《あとずさ》った。いけない。誤解されている。

「ミノさん、話し合おう」

「あっしも男なんで大将の気持ちは分かりやす」

「だったら、どうして後退《あとずさ》ってるの？」

「そ、そいつは……」

ミノの目が忙《いそが》しく動く。どうやってこの窮地《きゅうち》を乗り切るのか考えている目だ。早く誤解を解かなければと思うが、先に動いたのはミノだった。くわッと目を見開く。

「あっしはクレイさんの所に行って応急処置の講習を段取ってきやす！」

「待って！　話し合おうッ！」

「分かってやす！　大将の気持ちは分かってやすッ！　でも、あっしは講習の段取りを組まなきゃならないんでさッ！　な〜に、大将がどんな性的嗜好《しこう》を持っていてもあっしの忠誠は揺《ゆ》るぎやせん！　だから、今は行かせて下せぇッ！」

「分かってない！　分かってないよッ！　ミノさ〜んッ！」

クロノは叫んだが、ミノは両手でお尻《しり》を押さえながら何処《どこ》かに行ってしまった。

「ふふふ、気を遣《つか》わせてしまったかな？」

「あれは気を遣ったんじゃないよ」

視線を向ける。すると、リオはクロノから離れ、降参と言わんばかりに両手を上げた。

「怒らせてしまったかい？」

「別に、怒ってる訳じゃないよ」

「よかった。怒らせてしまったのかと内心びくびくしてたんだ」

リオは胸を撫《な》で下《お》ろし、拗ねたように唇を尖らせた。

「でも、会いたかったの一言くらいあってもよかったんじゃないかな？　それに、恋人と紹介してくれなかったのは地味にショックだったよ」

「……」

クロノは咄嗟《とっさ》に答えられなかった。今の段階で恋人なのかと言われても少し困る。

「ボク達《たち》は恋人だよね？」

「恋人というか、プチ付き合ってるくらい？」

「プチ付き合ってる？」

リオは鸚鵡返しに呟いた。落胆《らくたん》にも似た表情を浮かべている。

「その、プチ付き合ってるなら恋人って言ってもいいんじゃないかな？　ほら、クロノの先っちょがボクの中に入ったんだから」

「先っちょって、エッチな響《ひび》きだよね」

「それで、どうかな？」

「リオ、剣《けん》の柄《つか》を握《にぎ》り締めながら言うのは止めて」

可愛《かわい》らしく首を傾《かし》げているが、手は剣の柄に添《そ》えられていた。

「どうかな？」

リオは改めて問い掛《か》けてきた。元々、恋人になってもいいかなと思っていたし、リオは魅力的《みりょくてき》な女性だ。自分の命を失ってまで断る理由はない。

「じゃ、今日から正式なお付き合いをするということで」

「よかった。まだ一緒にいられるね」

リオはにっこりと微笑《ほほえ》んだ。その笑みに不安を覚えるが、藪蛇《やぶへび》になるので黙《だま》っておく。

「むむ、先っちょがエッチな響きという意見には同意だけど、不穏《ふおん》な雰囲気だし」

「というか、一方が剣の柄を握り締めている時点で平穏《へいおん》とは言いがたいし」

アリデッドとデネブがクロノ達から離れた場所で呟く。いつの間に移動したのだろう。

「でも、いいのかな？」

「何がだい？」

「ほら、リオは旧貴族だから世間体《せけんてい》が悪いんじゃないかと思って」

「そんなことを気にするくらいならドレスを着て、舞踏会になんて参加しないさ」

「そうだろうけど、本当にいいの？」

「ボクがいいと言ってるんだからいいのさ」

ふふ、とリオは笑い、再び腕を絡めてきた。さらに指を絡める。やはり、ぎこちなく感じる。指先が震えているように感じるのも気のせいではないだろう。

「手が震えてるよ？」

「恋人と触《ふ》れ合う喜びに打《う》ち震えているのさ」

クロノは黙ってリオを見つめた。しばらく正面から視線を受け止めていたが、やがて堪《た》えきれなくなったように視線を逸《そ》らした。

「……こういうことをしたことがないから緊張《きんちょう》しているんだよ」

リオはごにょごにょと呟いた。

「何にしてもリオが一緒で心強いよ」

「残念だけど、一緒という訳にはいかないんだ。第九近衛騎士団は補給担当だからね」

え？　と思わずクロノは聞き返した。

「第九近衛騎士団は補給を担当するんだよ。クロノ達が本隊と一緒に行動するからボク達は前線基地と本隊、別働隊の間を往復して消費された糧秣を補充《ほじゅう》する係だね」

「そうなんだ。でも、よく部下が納得したね」

「ボクも肩身《かたみ》の狭《せま》い思いをしない程度に戦功を立てたいけど、ね」

リオは疲労《ひろう》感を滲《にじ》ませながら言った。

「もしかして、到着《とうちゃく》が遅《おく》れたって――」

「いや、配置について揉《も》めていた訳じゃないよ」

突然《とつぜん》、リオはクロノの耳元に唇を寄せた。

「実はやんごとなき方を護衛するように言われてね」

「それって、ティリアのこと?」

「違《ちが》うよ」

リオはムッとしたように言った。もしや――。

「ティリアと何かあった?」

「何もないよ」

リオは素っ気なく答えた。その態度から何かあったと分かるが、それを指摘してもはぐらかされるに決まっている。とはいえ、二人きりの時に探《さぐ》りを入れておくべきだろう。二人きりの時に他《ほか》の女の話をするなんてと不機嫌《ふきげん》になりそうだが――。

「とにかく、到着が遅れたのは護衛の件で第十二騎士団と揉めたからさ。いつまで経《た》っても話が纏まらないから面倒臭《めんどうくさ》くなって逃《に》げてきたけどね」

「もっとひどい」

「ボクがいなくても爺《じい》が上手く収めてくれるさ。ああ、ちなみに爺はボクの家で執事《しつじ》として働いていてね。大昔に騎士《きし》を引退したんだけど、団長になった時に副官を務めてもらうために復帰させたんだ。ボクが信用している数少ない人物さ」

「それで上手く回ってるんならいいけど。それにしても、やんごとなき方か」

恐《おそ》らく、リオ——第九近衛騎士団が補給に回されたのもやんごとなき方と無関係ではないだろう。いよいよ、きな臭《くさ》くなってきた。

「ところで、クロノは今回の戦争について何処《どこ》まで知ってるんだい？」

リオが囁《ささや》くような声音《こわね》で言い、クロノは視線を巡《めぐ》らせた。アリデッドとデネブの姿はない。不穏な気配を感じて身を隠《かく》したのだろう。これなら踏《ふ》み込んだ話ができそうだ。

「何も知らないけど、皇位継承権《けいしょうけん》争いを疑ってる。今回の戦争でティリアの異母弟アルフォートが戦功を立てたら次期皇帝に推《お》すことも不可能ではないんじゃないかな？　何しろ、ティリアは病気なんだし」

「驚《おどろ》いたよ。クロノは頭がいいんだね。で、どうするんだい？」

リオは軽く目を見開き、問い掛けてきた。

「どうもしない」

「おや？　クロノなら皇女殿下《でんか》を助けに行くと思ったけど」

「生憎《あいにく》、そこまで考えなしじゃなくてね。無事を祈ることしかできないよ」

「心配しなくてもボクと戦った時は無事だったよ」

「戦った？」

「大丈夫、ちゃんと手加減したよ」

クロノが問い返すと、リオはしれっと言った。

「本当に？　眼球を抉《えぐ》ったり、耳を削《そ》ぎ落《お》としたり、腕や脚《あし》を切断したりしてない？」

「クロノはボクを何だと思ってるんだい？」

「下男を獣《けもの》の餌にして、同僚《どうりょう》を刻み殺したヤンデレさんだよ」

「嫉妬《しっと》かい？　ふふふ、心配しなくてもボクはクロノ一筋だよ」

リオがぎゅっと腕に力を込める。

「……リオ」

「大丈夫だよ。体の一部を欠損させるようなことはしてないよ。ただ、力を見せつけてもなかなか折れてくれなかったから……」

「くれなかったから？」

「クロノに恋人にしてもらったって言ってやったよ。すごくショックをうけていてね。それでようやく折れた感じかな」

リオは楽しくて仕方がないと言わんばかりの表情を浮かべている。ともあれ、ティリアが無事で何よりだ。だが、気になることもある。

「他に誰《だれ》かいた？」

「アルコル宰相《さいしょう》に、ピスケ伯爵、女官長の――」

「あ、もういいです」

クロノはリオの言葉を遮《さえぎ》った。

「帝国《ていこく》の偉《えら》い人達に知られてるってことでＯＫ？」

「そうだけど、そんなに嫌《いや》な顔をしなくてもいいじゃないか。ボク達は恋人同士なのに」

「その時はプチ付き合ってる段階だから」

「先っちょだけの関係じゃ駄目《だめ》ということだね」

「……そうかも」

「なるほどね」

クロノが間を置いて頷《うなず》くと、リオは小さく溜息を吐いた。軽蔑《けいべつ》されているような気がする。だが、これが自分だし、リオはそんな男の恋人になったのだ。申し訳ないが、犬に噛《か》まれたと思って諦《あきら》めてもらうしかない。

「ところで、この後はどうするんだい？」

「糧秣を倉庫に運び終えたみたいだから部下の様子を見てこようと思って。リオは？」

「ボクは水浴びをしてくるよ。埃《ほこり》っぽい格好じゃ嫌《きら》われそうだからね」

「水浴びって、この寒さなのに？」

「火照《ほて》った体には丁度いいさ」

リオはクロノから離《はな》れると踵を返した。

※

クロノは部下の姿を求め、前線基地を歩く。前線基地は広い。目と鼻の先には自由都市国家群があり、原生林を挟《はさ》んだ先には神聖アルゴ王国がある。敵が攻《せ》めてきた時に押《お》し止められるように、反攻《はんこう》の拠点《きょてん》となるようにと大きく作られているのだ。

この地を守る第二近衛騎士団は帝国防衛の要だ。だが、タウルを始めとする第二近衛騎士団の面々には忸怩《じくじ》たるものがあったはずだ。帝国の防衛戦略は専守防衛だ。攻撃《こうげき》を仕掛《しか》けられず、追撃《ついげき》も抑制的《よくせいてき》にならざるをえない。それが彼らにとって多大なストレスになっていたことは間違《まちが》いない。そんなことを考えながら歩いていると——。

「いいかいッ？　他にも仕事があるんだからちゃっちゃと昼飯を作っちまうよッ！」

近くの建物から女将《おかみ》の声が聞こえた。窓から中を覗《のぞ》くと、そこでは五十人を超《こ》える女性が料理を作っていた。クロノが連れてきた料理人は女将を含《ふく》めて五人なので、殆《ほとん》どは他の大隊長が連れてきた料理人だ。にもかかわらず、女将は見事に指揮を執《と》っていた。

クロノに気付いたのだろう。女将がこちらに近づいてくる。首元までボタンのある長袖《ながそで》を着て、髪を無造作に縛《しば》っている。彼女《かのじょ》なりの自衛策なのだろう。だが、クロノは窮屈《きゅうくつ》そうな胸元《むなもと》や後《おく》れ毛《げ》にエロスを感じている。色香《いろか》に惑《まど》わされている。

「どうかしたのかい？」

「どうもしないよ。暇《ひま》だったから部下の様子をと思っただけ」

「心配性《しんぱいしょう》だねぇ。指揮官らしくどっしり構えてりゃいいじゃないか」

「歩き回ってる方が落ち着くよ」

「クロノ様らしいっちゃクロノ様らしいね」

女将は微苦笑《びくしょう》を浮かべた。

「頼《たの》んでいたものは？」

「ちょっと待っとくれよ」

女将は踵を返し、奥《おく》にある棚《たな》に向かった。料理人達が女将を目で追う。クロノと女将の関係が気になるのだろう。しばらくして棒状の何か──クロノが製作を依頼《いらい》した携帯食《けいたいしょく》を持って戻《もど》ってきた。

「一応できたけど、味の保証はしないよ」

「とりあえず、食べられればいいよ」

クロノは女将から携帯食を受け取ると一本を残してポーチにしまった。くんくんと臭《にお》いを嗅《か》ぎ、齧《かじ》ってみる。硬《かた》い。硬すぎる。前歯が折れたら嫌なので奥歯《おくば》で噛む。何度も噛んでいる内に柔らかくなり、ようやく食べることができたが――。

「どうだい？」

「麦味というか、麦の味しかしない」

「そりゃ、小麦粉と塩を水で練ったもんだからね」

「あとすごく硬い」

クロノは呻いた。技術的な制約があって缶詰《かんづめ》や瓶詰《びんづ》めを作れないので乾《かん》パンのようなものが作れないかと思ったのだが、これでは木の棒だ。

「妥協案《だきょうあん》としてはよかったと思うんだけどな」

「それで、こいつをどうするんだい？」

「まあ、間に合わせの携帯食としては十分だし、作ってもらおうかな」

「何本作りゃいいんだい？」

「一日十本として最低でも四日分だから……二万本」

「二万本だって!?」

「駄目かな？」

「そりゃ、あたしだって何とかしてやりたいけどね」

女将は顔を背《そむ》け、チラリと視線を向ける。意味深な視線だ。もしかして、これは――。

「分かりました。僕の青い体を存分に貪《むさぼ》って下さい」

「そんなことは言ってないだろ！」

女将が顔を真っ赤にして叫ぶ。すると、背後でキャーという歓声《かんせい》があがった。料理人達の声だ。女将が肩越《かたご》しに睨《にら》むと、料理人達は何事もなかったように調理を再開した。

「ったく、人聞きの悪いことを言うんじゃないよ」

「そろそろ、素直《すなお》になって欲《ほ》しいな」

「動物じゃあるまいし、自分の欲望に素直でどうするんだい」

「失礼な。僕だってＴＰＯは弁《わきま》えてるよ。今だって本当の気持ちを抑《おさ》えてるんだから」

「本当の気持ち？」

女将は顔を顰《しか》めて言った。

「未亡人の性欲の捌《は》け口《ぐち》になりたい」

「アホかい！」

クロノが本当の気持ちを吐《は》き出《だ》すと、女将は声を荒《あら》らげた。

「あたしの性欲の捌け口になりたいとか――」

「え？　僕は女将の性欲の捌け口になりたいなんて言ってないよ」

「お、大人をからかうんじゃないよ！」

女将は大声で叫んだ。恥《は》ずかしいのだろう。耳まで真っ赤になっている。

「それで、何が問題なの？」

「人手が足りないんだよ。エラキス侯爵《こうしゃく》領から来たのはあたしを含めて五人。いくら何でもたった五人で二万本は無理ってもんだよ」

「逆にいえば人手が足りれば作れるってことだよね？」

「まあ、そういうことだね」

「ならお金を出すからさ。手伝ってくれる人を雇《やと》えないかな？」

「金次第《しだい》だね。いくらまで出せるんだい？　ああ、体で払《はら》うとかくだらないことを言うんじゃないよ？　そんなことを言ったら蹴《け》りを入れるからね」

女将は柳眉《りゅうび》を逆立てた。これは真面目《まじめ》に答えなければなるまい。蹴られるのは嫌だ。

「全体で金貨十枚くらいかな？　銀貨がよければ銀貨で出すけど」

「それなら余裕《よゆう》だ」

女将は満足そうに頷いた。

「念のために言っておくけど、できるだけ値段交渉《こうしょう》はしてね」

「分かってるよ。あたしを誰だと思ってるんだい」

「金貨百枚の借金をこさえて店を手放す羽目になった食堂兼《けん》宿屋の女主人だよ」

「あれは貸し出してるだけで手放した訳じゃないよ」

女将は言い訳がましく言った。しばらくしてハッとこちらを見る。

「そういや、携帯食の名前はどうするんだい？」

「硬《かた》パンなんてどう？」

「安直なネーミングだねぇ」

女将は呆《あき》れたように言った。真面目に考えたのにひどい感想だ。

「だったら女将が考えればいいのに」

「じゃ、棒……硬パンでいいよ」

女将は何かを言いかけたが、結局クロノの案を受け入れた。多分、棒パンと言おうとして自分のネーミングセンスも残念なことに気付いたのだろう。

「ああ、あと、あそこでこっちを見てるのは誰なんだい？」

「こっちを見て――ッ！」

クロノは振り返《かえ》り、息を呑《の》んだ。木の陰《かげ》からリオがこちらを見ていた。

※

クロノはリオと腕を組み、前線基地周辺を歩く。基地周辺は荒野《こうや》だが、今は練兵場として使われている。そこでは騎兵《きへい》——白銀の鎧《よろい》を身に着けていないので近衛騎士団の団員ではない——が盾《たて》を構えるリザードマンに騎乗突撃《きじょうとつげき》を仕掛けていた。

両者が激突《げきとつ》し、リザードマンが吹《ふ》き飛《と》ばされる。騎兵は馬首を巡らせると、バイザーを撥《は》ね上げた。へらりと締《し》まりのない笑みを浮かべている。

怒《いか》りが込み上げるが、クロノは自制した。似たようなことは練兵場のあちこちで行われている。大隊長公認《こうにん》の行動なのだ。クロノの出る幕ではない。だが——。

味方を的にして何が楽しいんだ、と吐き捨《す》てる。騎兵になれるのは貴族だけだ。貴族と平民——どうしたって差は生じる。だが、だからといって何をしてもいい訳ではない。ましてや、これから一緒《いっしょ》に戦うのだ。連帯感を損なうような真似《まね》をしてどうするのか。

「そろそろ、聞かせてくれないかな？」

「何を？」

「さっきの女との関係だよ」

クロノが問い返すと、リオは腕に力を込めながら言った。

「うちから連れてきたコックです」

「へぇ、クロノはコックに性欲の捌け口になりたいって言うんだね」

「聞いてたの？」

「舞踏会の時も言ったけど、ボクは耳がいい方でね」

ぐッ、とクロノは呻いた。上手《うま》く誤魔化《ごまか》せればと思ったが、誤魔化せそうにない。

「女将とは一回だけ六回関係を持ちました」

「ボクには君が何を言ってるのか分からないよ」

「一晩で六回やりました」

「ふ～ん、一晩で六回……六回？」

リオは興味なさそうに相槌《あいづち》を打ち、ぎょっとこちらを見た。

「それは普通《ふつう》なのかい？」

「多い方じゃないかな？　何せ、六回やったのは女将が初めてだし」

「六回か。ボクの時は加減してくれると嬉《うれ》しいな」

「……」

「どうして、返事をしてくれないんだい？」

クロノが黙っていると、リオが少し慌《あわ》てた様子で問い掛けてきた。

「お約束できません」

「優《やさ》しくしてくれないのかい？」

「時と場合によります」

「分かったよ。それで、彼女のことをどう思ってるんだい？」

「やけに気にするね」

「今日から正式にお付き合いしているからね。恋人の異性関係は把握《はあく》しておきたいのさ」

「女将のことは……いつか僕《ぼく》の色に染めたいと思っている」

リオはまたしてもぎょっとこちらを見た。理解しがたいものを見た。そんな表情だ。

「クロノはあれだね。下衆《げす》だね」

「リオはそんな男に惚《ほ》れたけどね」

「ふふ、惚れた弱みというヤツだね」

リオは嬉しそうに笑った。ふと前を見ると、男がこちらに向かってくる所だった。髪を短く刈《か》り込み、近衛騎士の証《あかし》である白銀の鎧を身に纏《まと》っている。身長はミノに匹敵《ひってき》し、ポールアクスを担いでいる。親の仇《かたき》を見るような目でクロノを見ている。

距離《きょり》が狭《せば》まる。このままでは肩《かた》が触れ合うのではないかと思ったその時、ぐいっと腕を引かれた。もちろん、腕を引いたのはリオだ。ガシャンという音が響く。慌てて振り返ると、男が膝《ひざ》を屈《くっ》していた。リオは腕を放し、クロノを庇《かば》うように立った。人差し指を中心に緑色の光が渦《うず》を巻いている。リオが神威術《しんいじゅつ》を使って男を転倒《てんとう》させたのだろう。

「大丈夫《だいじょうぶ》かい？　足下を見ていないと危ないよ。それともクロノにぶつかることばかり考えていて足下がお留守になっていたのかな？」

「貴様！　愚弄《ぐろう》するつもりかッ！」

リオが挑発《ちょうはつ》すると、男は立ち上がり、ポールアクスを上段に構えた。身長二メートルを超える大男がポールアクスを構える姿は迫力《はくりょく》があった。だが、その迫力は養父のそれに比べて格段に劣《おと》る。だからといって、勝てる訳ではないが——。

「近衛騎士団員なのにボクのことを——」

「俺《おれ》は貴様のことを知っているぞ、リオ・ケイロン」

男は地の底から響くような声で言った。怒りによってか、顔は赤黒く染まっている。

「ドレスを着て舞踏会に参加した男の風上にも置けないヤツだ」

「おや、ボクは誰にも見咎《みとが》められなかったよ？」

「よくもぬけぬけと」

「まあ、それ以前に……」

リオは剣を抜き放ち、切っ先を男に向けた。

「ボクを止められなかったからってクロノに嫌がらせをしようなんて輩《やから》が偉そうに男を語るんじゃない。けど、まあ、ボクは優しいから跪《ひざまず》いて謝《あやま》るんなら許してあげるけど？」

「リオ、それは悪役の台詞《せりふ》だよ」

クロノは突っ込んだが、当然のように無視された。ティリアは一体どうやって舞踏会場に入り込んだんだと言っていたが、ようやく謎《なぞ》が解けた。何のことはない。リオは警備していた第二近衛騎士団《きしだん》の団員を倒《たお》して入り込んだのだ。

「減らず口を！　その口を永遠に開けなくしてやるッ！」

「寝言《ねごと》は眠《ねむ》っている時に言うものだよ」

「二人とも落ち着いて」

クロノは声を掛けた。間に割って入ればいいのだろうが、ミンチになりそうな予感があった。このままリオが人を殺す所を見なければならないのかと考えたその時——。

「ガウル！　何をしとるッ！」

怒声《どせい》が響き渡《わた》った。クロノはもちろん、リオも、男——ガウルもびくっと体を竦《すく》ませるほどの大声だ。それで気勢を殺《そ》がれたのか、ガウルはポールアクスを下ろした。戦意のない相手と戦うつもりはないらしくリオも剣を鞘《さや》に収める。

「この勝負は預けておく」

「尻尾《しっぽ》を巻いて逃げるのかい？」

「――――ッ！」

リオの挑発にガウルの顔が再び赤黒く染まる。だが、今度は挑発に乗らなかった。背を向けて歩き出す。ガシャガシャという音が響き、白銀の鎧を身に纏った男がクロノ達の脇《わき》を通り過ぎる。第二近衛騎士団の団長タウルだ。

「ガウル！　待たんかッ！　ガウルッ！」

タウルは大声で叫んだが、ガウルは歩みを止めなかった。タウルは立ち止まり、がっくりと肩を落とした。こちらに歩み寄り、膝に手を突《つ》くように頭を垂れた。

「リオ殿《どの》、愚息《ぐそく》が申し訳ありませんな」

「もう少し躾《しつ》けた方がよかったんじゃないかな」

リオ、とクロノは肩を叩《たた》く。自分で原因を作ったくせにひどい言い草だ。

「さっきの、ガウル……さんはタウル殿のお子さんなんですね」

「不肖《ふしょう》の息子《むすこ》です。昔は素直だったのですが、最近は反抗《はんこう》するようになりましてな。いやはや、跡目《あとめ》に恵《めぐ》まれたクロード殿が羨《うらや》ましい」

「いえ、僕はそれほど大した息子では……」

クロノは口籠《くちご》もった。正直、隣《となり》の芝生《しばふ》が青く見えているだけのような気がする。

「息子さんを追わなくていいのかい？」

「ああ、申し訳ありませんな。この詫《わ》びは改めて」

タウルはぺこりと頭を下げ、ガウルを追った。

「これで――」

「二人とも視察かね？」

背後から声が掛けられる。グッ、とリオは呻き、振り返った。クロノもつられて振り返る。すると、第一近衛騎士団の団長レオンハルトが近づいてくる所だった。訓練を終えたばかりなのだろう。白銀の鎧を身に着けている。

「何故《なぜ》、顔を顰めているのかね？」

「逢《あ》い引《び》きを邪魔《じゃま》されたからに決まってるじゃないか」

レオンハルトの問い掛けにリオはムッとしたような表情を浮《う》かべ、腕を絡めてきた。

「ちょっと、リオ」

「いいじゃないか。少しくらい恋人っぽいことをしても」

リオは拗ねたように唇《くちびる》を尖《とが》らせた。可愛いと思ってしまうのは駄目な証拠《しょうこ》だろうか。だが、レオンハルトはどう思うだろう。視線を向けると、彼《かれ》は平然としていた。進化論を冒涜的と言っていたので保守的な人物とばかり思っていたのだが――。

「どうかしたのかね？」

「いえ、別に――」

「クロノはレオンハルト殿が文句を言うんじゃないかと心配していたのさ」

「まさか、私は人の恋路《こいじ》を邪魔することはしないとも。馬に蹴られたくないからね」

ははは、とレオンハルトは朗《ほが》らかに笑った。

「そっちは訓練かい？」

「ああ、第二近衛騎士団との合同訓練だよ」

「古巣の様子はどうだったんだい？」

「私が所属していた頃《ころ》よりも精強さを増していたよ。戦いを前に士気が上がっていること
も一因だろうが、タウル殿の用兵はより巧《たく》みになっていた。これが大きい」

「老いてますます盛んということだね」

「老人扱《あつか》いされる歳《とし》ではないと思うがね」

リオの言葉にレオンハルトは苦笑《くしょう》した。ふと騎兵がリザードマンを吹き飛ばしている光
景を思い出す。レオンハルトなら話を聞いて対応してくれるような気がした。

「……レオンハルト殿」

「何だね？」

「さっき、練兵場で騎兵がリザードマンを吹っ飛ばしていたんですけど、止《や》めさせられませんか？　これから一緒に戦わなくてはならないんですから連帯感が失われるような訓練はするべきではないと思うんです」

ふむ、とレオンハルトは腕《うで》を組み、練兵場に視線を向けた。そこでは先程《さきほど》と同じような光景が繰《く》り広《ひろ》げられている。

「分かった。味方を的にするような演習は止めさせるよう通達しておこう」

「ありがとうございます」

クロノは頭を下げた。正直にいえばすぐに止めて欲しい。だが、頭ごなしに止めさせたら反感を買うだけだ。レオンハルトに迷惑《めいわく》を掛ける訳にはいかない。

「いや、構わないとも。他にも気付いたことがあれば私に教えて欲しい。全《すべ》てに対処することはできないが、可能な限り意見を聞くと約束しよう」

「……」

クロノは無言でレオンハルトを見つめた。すると――。

「どうしたのかね、クロノ殿？」

「何というか、敵《かな》わないなと思いまして」

「私は君が思っているような人間ではないよ。侍女《じじょ》のリーラにはいけずと言われるし、努力しなければ部下の言葉すら満足に聞いてやれない男だ。もっとも、私はクロノ殿より年上なので敵わないと思ってくれなければ立《た》つ瀬《せ》がないがね」

レオンハルトは軽く肩を竦めた。その仕草が妙《みょう》に格好《かっこ》いい。

「では、馬に蹴られない内に行くとしよう」

「お疲《つか》れ様《さま》です」

「達者でね」

「ああ、君達も」

そう言って、レオンハルトはその場を立ち去った。しばらくしてクロノは口を開く。

「レオンハルト殿は立派だね。今まで出会った貴族の中で一、二を争うよ」

「そうかい？　ボクには彼が何事にも無関心なように見えるけどね」

クロノは思わずリオを見つめた。

「どうかしたのかい？」

「友達なのに辛辣《しんらつ》な意見だなって」

「同僚さ、仲のいいね」

リオはシニカルな笑《え》みを浮かべ、ぐいっと腕を引っ張った。

「さあ、次は何処に行くんだい？」

「あっちだよ」

クロノは目的地を指差した。その先には人垣《ひとがき》のようなものがあった。

※

クロノ達が目的の場所に辿《たど》り着《つ》くと、部下がミノとクレイを中心に輪になっていた。その中にはアリデッドとデネブの姿もある。

「何をしているんだい？」

「応急処置の講習だよ」

リオが囁くように言い、クロノも同じように答える。

「負傷した際の対応ですが……」

クレイは地面に横たわるミノの傍《かたわ》らに跪き、水筒《すいとう》に手を伸《の》ばした。水筒の蓋《ふた》を開け、ミノの前腕《ぜんわん》に水を掛ける。前腕を負傷したという想定で講習を行っているようだ。

「まずは傷を水で清めます。これは傷を清めないと化膿《かのう》するためです。次に……」

クレイは水筒の蓋を閉じ、ポーチに手を伸ばす。中から取り出したのは布だ。これをクレイは丁寧《ていねい》に折《お》り畳《たた》み、ミノの前腕に押し当《あ》てた。

「布で傷を押さえて下さい」

「軍医殿！」

最前列で説明を聞いていたレオが手を挙げる。

「何でしょう？」

「怪我《けが》をした時には傷より心臓に近い方を縛るのではないのか？」

「それも有効ですが、それだと血流が遮断《しゃだん》されて腐《くさ》り落ちてしまうことがあります」

クレイの言葉にショックを受けたのだろう。部下がざわめく。

「なので、まずはこの圧迫《あっぱく》止血を試《ため》して下さい。それで血が止まらないようなら――」

「なるほど、縛るのは命を優先する時だけということか」

「その通りです」

レオが呟《つぶや》き、クレイは頷いた。

「失血が止まったら傷に当てた布はそのままにして包帯で巻きます」

クレイは手慣れた様子で包帯を巻き、立ち上がった。

「では、二人一組になってやってみましょう。あぶれた方は私に言って下さい」

はい！　と部下は声を張り上げ、応急処置の練習を始めた。皆《みんな》、真剣《しんけん》そのものだ。その姿に満足感を抱《いだ》きながら見学していると、クレイが近づいてきた。

「……クロノ様」

「お疲れ様。講習はどう？　皆、真面目にやってる？」

「はい、お陰で講習が捗《はかど》ります」

クレイは晴れがましい表情で言った。病院で出会った時とはまるで別人だ。

「軍医殿！」

「では、クロノ様……」

レオが叫《さけ》び、クレイは申し訳なさそうな表情を浮かべた。

「よろしく頼むよ」

「お任せ下さい」

そう言って、クレイはレオの下に向かった。

「どうして、こんなことをしているんだい？」

「神聖アルゴ王国が侵攻《しんこう》してきた時のことなんだけど……」

「クロノの初陣《ういじん》だね」

「辛《かろ》うじて撃退《げきたい》したけど、死傷者多数って有様でさ」

クロノは溜息《ためいき》を吐いた。あの時のことを思い出すと暗澹《あんたん》たる気分になる。

「それで、応急処置なんだね」

「きちんと医者に教わった方法なら結果が変わるんじゃないかなって」

「いい考えだと思うよ。できることはやっておかないとね」

「ありがとう」

礼を言うと、リオはきょとんとした顔をしていた。

「近衛騎士団長にいい考えって言われると、これでいいんだって気になるよ」

「クロノは心配性なんだね」

リオは呆れたように言った。

※

クロノとリオが前線基地に戻ると、馬が猛《もう》スピードで突っ込んできた。馬に乗っているのは白い軍服を身に纏った女性だ。長い金髪《きんぱつ》を左右で結《ゆ》わえている。そのまま突っ込んでくるのかと思ったが、女性は馬首を巡らせるとクロノ達《たち》から遠ざかった。

「危ないな。人にぶつかったらどうするつもりなんだろう」

「第十二近衛騎士団のセシリー・ハマルだね」

「知り合いなの？」

「彼女のお兄さんが第五近衛騎士団の団長でね。それで顔を合わせたことがあるんだよ」

ふ〜ん、とクロノは相槌を打った。近衛騎士団の団長ならばともかく団員だ。あまり関《かか》わることはないだろう。女性――セシリーは馬を止め、声を張り上げた。

「アルフォート殿下のお出ましですわッ！　全員、跪きなさい！」

「クロノ、跪くよ」

「うん、分かった」

クロノはリオに促《うなが》されるままに片膝《かたひざ》を突いた。

「頭は下げなくていいの？」

「クロノは貴族だから大丈夫《だいじょうぶ》さ」

しばらくして騎兵が隊列を組んで前線基地に入ってきた。だが、アルフォート殿下の姿は見えない。いい加減、膝が痛くなってきた頃に箱馬車が見えた。八頭立ての煌《きら》びやかな箱馬車だ。箱馬車は徐々《じょじょ》にスピードを落とし、やがて停まった。

男が馬を下りる。カイゼル髭《ひげ》を生やした中肉中背の男だ。他の騎兵が示し合わせたかのように馬を下り、カイゼル髭の男は誇《ほこ》らしげに箱馬車に歩み寄って扉《とびら》を開けた。

くくッという声が聞こえた。隣を見ると、リオは俯《うつむ》いて小刻みに肩を震《ふる》わせていた。何がおかしいのかクロノには分からないが、彼女にとっては笑える光景のようだ。

改めて箱馬車を見ると、少年がゆっくりと箱馬車から降りてくる所だった。軍服風の衣装を着た少年だ。装飾《そうしょく》は近衛騎士《きし》の軍服より多い。恐らく、彼がアルフォートだろう。

カイゼル髭の男が先頭に立って歩き出し、アルフォートがその後に続く。不意に馬がいななき、アルフォートは体を竦ませた。周囲から失笑《しっしょう》が漏《も》れる。羞恥《しゅうち》にだろう。アルフォートの頬が朱《しゅ》に染まる。だが、カイゼル髭の男は何事もなかったように歩を進めた。やがて、カイゼル髭の男とアルフォートは豪華《ごうか》な建物の中に消えた。

クロノは立ち上がり、リオに手を差し出した。彼女ははにかむように笑い、手を取って立ち上がった。ふとあることを思い出す。

「そういえば、なんで笑ったの？」

「いや、ピスケ伯爵《はくしゃく》を見ていたら笑いが込み上げてきてね」

「カイゼル髭の人のこと？」

「そう、ベティル・ピスケ伯爵。第十二近衛騎士団の団長で副軍団長さ」

「へ〜、あの人がフェイの元上司なんだ。一応、挨拶《あいさつ》しておいた方がいいかな？」

「クロノがしたいならすればいいと思うけど、止めておいた方がいいよ」

「なんで？」

「軽く調べた限り、フェイは円満に異動した訳じゃないみたいだからね」

「それもそうだね。でも、よくフェイのことを調べられたね」

「真面目に仕事をしていればこれくらいの情報は耳に入ってくるものさ」

「ふ～ん、そういうものなんだ」

相槌を打ちながら内心危機感を覚える。今まで周囲に耳聡《みみざと》い人物が多いとばかり考えていたが、自分が情報に疎《うと》いだけではないかという気がしてくる。

「ところで、リオというか、第九近衛騎士団はどんな仕事をしてるの？」

「ボクらの仕事はアルフィルク城の警備がメインだね」

「城の警備か。リオは陣頭《じんとう》指揮みたいな感じ？」

「指揮は爺《じい》に任せて、ボクは現場に出てるよ。適材適所ってヤツさ」

「適材適所は……」

大事だねという言葉をクロノは呑み込んだ。

「いきなり黙《だま》り込んでどうかしたのかい？」

「普段《ふだん》、リオはどんな仕事をしてるのかなと思って」

「現場に出てるって言ったじゃないか」

「いや、もっと具体的に」

「いつも城の中を適当にほっつき歩いてるよ。ファーナ殿と立ち話をすることもあるし」

「ファーナ？」

「アルフォート殿下《でんか》の母親で、亡《な》くなった皇帝陛下《こうていへいか》のお妾《めかけ》さんだよ。女官長でもあるけど」

クロノが鸚鵡《おうむ》返《がえ》しに呟くと、リオは簡単に説明した。

「リオにも友達がいたんだね」

「失礼なことを言うね。でも、まあ、友達といえば友達なのかな」

リオはムッとしたような表情を浮かべたが、すぐに表情を和《やわ》らげた。ファーナの件はさておき、リオが事情通な理由が読めたような気がした。

「仕事にかこつけて盗《ぬす》み聞《ぎ》きをしてるでしょ？」

「他人の醜聞《しゅうぶん》は聞いてて楽しくてね。最高の娯楽《ごらく》さ」

「個人で楽しむ分にはいいけど——」

「心外だね。ボクは言いふらしたりしないよ」

リオはくすくすと笑った。

「どうかしたの？」

「爺が来たからね」

そう言って、リオは肩越しに後ろを見た。つられて彼女の背後を見る。すると、髭を生やした男に率いられた騎兵が近づいてくる所だった。男は養父と同年代だろうか。口元を覆《おお》う白い髭がダンディーだった。

「またね」

「うん、また」

リオはひらひらと手を振《ふ》りながら男達の下に向かった。

※

夜──クロノはスープを啜《すす》り、ホッと息を吐いた。夕食はパンと具沢山《ぐだくさん》のスープ、ソーセージというシンプルなメニューだ。焚《た》き火《び》を見つめ、目を細める。

「焚き火を見てると安心するな～」

「大将、あっちで食べないんで？」

「ぐッ、現実に引《ひ》き戻さないで」

ミノに問《と》い掛《か》けられ、クロノは呻《うめ》いた。ちなみにあっちとは士官用の食堂のことだ。

「何かあったんですかい？」

「あっちは居心地《いごこち》が悪いんだよ」

クロノはごにょごにょと呟いた。リオやレオンハルト、タウルとならば落ち着いて食べられると思うが、残念ながら三人がいるのは近衛騎士団長用の食堂だ。

「僕も頑張《がんば》ったんだけどさ。露骨《ろこつ》に無視されて。話をしてくれたかと思ったら嫌《いや》みを言われるし……友達になれそうにないです」

「そいつは、まあ、仕方がありやせんね」

「ごめんなさいね。ふがいない上司で」

クロノはしょんぼりとスープを啜った。すると、左右からソーセージが差し出された。

「しょんぼりとしたクロノ様にプレゼントみたいな」

「決してご機嫌《きげん》を窺《うかが》ってる訳じゃないし」

「ありがとう、アリデッド、デネブ」

「ぐッ！」

最初にアリデッド、次にデネブに礼を言う。すると、アリデッドは口惜《くや》しげに呻いた。

「うぐぐ、完全に見分けが付いてるし」

「そんなに口惜しがらなくても」

「このスタイルを確立するまでに語るも涙《なみだ》、聞くも涙の出来事があったみたいな」

「説明は端的《たんてき》にね」

「それは………色々あったみたいな」

「色々あったし」

そう言って、アリデッドとデネブはソーセージを囓った。

「大将にプレゼントするんじゃなかったのか?」

「クロノ様が元気になったから不要だし」

「むしろ、あたしらがしょんぼりしたし」

ミノの言葉にアリデッドとデネブは拗《す》ねたように唇を尖らせた。どうやら機嫌を損ねてしまったようだ。放っておいてもいいが――。

「二人ともいいものをあげよう」

「「なになにみたいなッ?」」

二人は喜色満面で擦《す》り寄《よ》ってきた。クロノはポーチから二本の硬パンを取り出した。

「「これは?」」

「硬パンっていう携帯食《けいたいしょく》だよ」

「いや〜、申し訳ないし」

「けど、こういう気遣《きづか》いは好感度が高いみたいな」

二人は硬《かた》パンを受け取り、口元に運んだ。バキバキという音が響《ひび》く。エルフの咬合《こうごう》力は人間より優《すぐ》れているようだ。二人は瞬《また》く間《ま》に硬パンを噛《か》み砕《くだ》き、呑み込んだ。

「どうだった？」

「なかなか美味《おい》しかったみたいな」

「歯応《はごた》えがあって新食感みたいな」

エルフが食べられるなら問題ないだろう。まあ、いざという時の携帯食なので無駄《むだ》になってくれるのが一番いいのだが――。

クロノは視線を巡《めぐ》らせた。レオは黙ってスープを見つめている。タイガも同じだ。二人とも猫《ねこ》科の獣人《じゅうじん》なので猫舌《ねこじた》なのだろう。ホルスはすでに食事を終えていた。満腹になって眠くなったのか、しきりに目を瞬《まばた》かせている。リザドは黙って食事をしていた。夜になって寒さが増しているが、焚き火に当たっているせいか調子がよさそうだ。

クロノは空を見上げた。月が輝《かがや》いている。ふと誰一人《だれひとり》欠けることなくエラキス侯爵領に帰れるだろうかと不安が湧《わ》き上《あ》がってきた。大丈夫、と自分に言い聞かせる。武器と防具を新調した。練度だって高い。だから、大丈夫、と。

※

クロノは食事を終え、自分専用の宿舎に戻《もど》った。家具は最低限のものしかないが、戸建てなので気を遣《つか》わなくて済む。狭い通路を抜《ぬ》けて部屋に入ると――。

「やあ、遅《おそ》かったね。もう寝《ね》てしまおうかと思ったよ」

「……リオ」

クロノは呻いた。リオがベッドに寝そべっていたからだ。しかも、クロノが立っている場所とベッドを結ぶライン上に服が脱《ぬ》ぎ散《ち》らかされている。リオが脱ぎ散らかした衣類を全て拾い、部屋の中央にあるテーブルに置く。

クロノは軍服を脱ぎ、下着姿になる。普段からこの格好で寝ているので恥ずかしくはない。ベッドに歩み寄ると、リオは艶《つや》っぽい笑みを浮かべ、布団《ふとん》をぎゅっと抱き締めた。

「ふふ、この下が気になるかい？」

「裸《はだか》でしょ？」

「もう少し恥ずかしそうにしてくれてもいいじゃないか」

リオは拗ねたように唇を尖らせた。

「はいはい、僕の寝るスペースがないから端《はし》に寄ってね」

「なんだ、しないのかい？」

「最近、体調がよくなくて。ぶっちゃけ、性欲が減退しています」

「何とかならないのかい？」

「う〜ん、こういう状態になったことがないから」

「だったらボクが――」

「断る！」

ちぇッ、とリオは可愛《かわい》らしく舌打ちをしてベッドの端に移動した。クロノは布団を捲《めく》り、さっと元に戻した。白く、美しい背中のラインにドキッとした。

「どうかしたのかい？」

「いや、何でもないよ。ああ、背中を向けてね。身の危険を感じるから」

「そういう言い方は傷付くよ」

リオが背中を向け、クロノはそっとベッドに入った。リオが寝ていたお陰で布団はしっとりと温かい。それに、いい匂《にお》いがする。

「……クロノ、息遣《いきづか》いが荒《あら》いんだけど？」

「気のせいじゃないかな？」

クロノはもぞもぞと移動する。そっと背中から腕を回す。びくっとリオが震える。鍛《きた》えているだけあって引き締まった体だ。だが、硬いかといえばそうではない。しっかりと柔《やわ》らかく、肌《はだ》は吸い付いてくるようにきめ細やかだった。

「クロノ、当たっているんだけど？」

「……」

クロノは答えなかった。確かにリオの言う通り、ちょっとクロノは元気になった。

「性欲が減退していると言ったよね？」

「……」

やはり答えない。リオはもぞもぞとクロノから離《はな》れる。だが、すぐに行き止まってしまった。ベッドは壁際《かべぎわ》にあったのだ。クロノが起き上がると、リオは再び体を震わせた。瞳《ひとみ》には怯《おび》えにも似た光が宿っている。なんだかんだとリオは育ちがいいのだ。土壇場《どたんば》で怖《お》じ気《け》づいても仕方がない。クロノが横臥《おうが》させたままリオの片脚《かたあし》を持ち上げると――。

「あ、クロノ、心の準備をさせてくれないかな？　ボクにも心の準備というものが――」

「どっちも準備万全《ばんぜん》って感じだね」

「――ッ！」

クロノが事実を指摘《してき》すると、羞恥心《しゅうちしん》によるものだろうか、リオの肌が朱に染まった。もはや逃《に》げ道《みち》はないと悟《さと》ったのだろう。リオは観念したように目を閉じた。そして――。

「せめて、優し――ぐッ！」

リオは濁《にご》った悲鳴を上げた。クロノが自身を突き入れたからだ。次の瞬間《しゅんかん》、リオは仰《の》け反《ぞ》った。まるで達してしまったかのような反応だ。いや、達しているのか。チラリと股間《こかん》を見る。ぎりぎり堪《こら》えているという印象だ。途端《とたん》、嗜虐的《サディスティック》な欲望が湧き上がってくる。笑みを浮かべると、リオはクロノから逃げようとした。だが、逃がすつもりはない。腰《こし》を掴《つか》んで力尽《ちからず》くで体を起こす。まるで猫が背筋を伸ばしているような姿勢だ。

「クロノ、優しく――」

「ごめんね」

クロノは謝罪の言葉を口にした。荒々《あらあら》しく突き入れると、リオは背骨が折れんばかりに仰け反った。濁った喘《あえ》ぎ声を上げる。さて、どれくらい保つかとクロノは笑みを浮かべて腰を動かし始めた。

※

「さて、皆様《みなさま》はところてんという食べ物をご存じでしょうか？　ところてんはテングサなどの海藻類《かいそうるい》を煮溶《にと》かし、発生した寒天質を固めた食品です。食べたことがなくても四角柱の容器に入ったところてんを突き棒でにゅるりと押《お》し出《だ》す映像をご覧になった方は多いかと存じます。つまり――」

「クロノ、何を一人でぶつぶつ言ってるんだい？」

「つまり、僕とリオの間に起きたのはそういうことです」

クロノは小さく溜息を吐き、体液で汚《よご》れたシーツを畳んで床《ゆか》に置いた。ベッドの方に視線を向けると、リオはベッドの傍らで座《すわ》り込んでいた。いや、腰が抜けているのでへたり込んでいるというべきだろうか。リオは艶っぽい息を吐《つ》いた。

「すごかったよ。気が触《ふ》れるかと思ったほどさ」

「はい、確かにすごい量でした」

クロノは深々と溜息を吐いた。まるでダムが決壊《けっかい》したようだった。まあ、流石《さすが》にこれは言い過ぎだが、予想を上回る量であったのは間違《まちが》いない。

「いつもこんなに出るの？」

「まさか、今回が初めてだよ。おまけに足腰《あしこし》も立たないし」

そう言って、リオはベッドに手を突いて立ち上がろうとした。生まれたままの姿でぷるぷると体を震わせて立ち上がろうとする姿にぞくっとした。クロノは足早に歩み寄り、リオに触れた。すると、彼女《かのじょ》はびくっと体を震わせた。

「…………クロノ、なんで腰を掴むんだい？」

「……」

「クロノ、ボクは疲れてるんだ。分かるだろ？」

「……」

クロノは答えない。荒い呼吸を繰り返《かえ》すだけだ。

「何か言ってくれないかな？　とても怖《こわ》いんだけど？」

「ごめんね」

「そうじゃ――あッ！」

あぁ、とリオはその場にへたり込みそうになったが、できなかった。

「あんなに出したのに。こんなにして悪い娘《こ》だ」

「クロノ、許して」

「ごめんね」

クロノは改めて謝罪の言葉を口にした。動き始めると、リオはすぐに喘ぎ始めた。その姿が可愛らしく――荒々しく責め立てる以外の道はなかった。

※

糧秣《りょうまつ》を積んだ荷馬車が目の前を通り過ぎる。イグニスは糧秣がマルカブの街に運び込まれる様子を眺《なが》めながら暗澹たる気分で溜息を吐いた。予想よりも早く糧秣が集まるのは喜ばしい。だが、そのスピードから略奪《りゃくだつ》に近い方法で糧秣を集めていると分かる。分かってしまう。もっと早く派兵が決定すれば、とイグニスは唇を噛み締《し》めた。

ケフェウス帝国《ていこく》に不穏《ふおん》な動きがあるという報告を受けたのは半月も前のことだ。マグナス国王はイグニスを含《ふく》めた六人の将軍と五人の大神官《だいしんかん》を召集《しょうしゅう》して対応策を協議した。五人の大神官が軍議に加わることにも怒《いか》りを覚えたが、それ以上に漆黒神殿《しっこくしんでん》の大神官――ババアが召集に応じなかったことが腹立たしかった。

ババアは王国の黎明期《れいめいき》から大神官を務めている。言わば王国の生き字引だ。彼女の言葉を軽《かろ》んじる者はいない。少なくとも一笑《いっしょう》に付《ふ》されない程度に発言力があるのだ。にもかかわらず、彼女は召集に応じなかった。できることをしない。そこに怒りを覚える。

しかし、そんなことを口にすればババアは笑うだろう。政治と宗教を分離《ぶんり》させようと主張する人間が自分に頼《たよ》るのかと。知るか、協力しろと言えればいいのだが、一理あると舌鋒《ぜっぽう》が鈍《にぶ》ってしまうのが自分なのだ。

とはいえ、いないものは仕方がない。イグニスは怒りを封印《ふういん》して派兵を訴《うった》えた。旧知の間柄《あいだがら》であるアクア将軍とウェントス将軍は同意してくれたが、残る三人の将軍と五人の大神官は反対した。時期尚早《じきしょうそう》――それが理由だった。

もちろん、イグニスは引き下がらなかった。軍を動かすには時間が掛かる。時間を浪費《ろうひ》すれば国土を蹂躙《じゅうりん》されることになる。それを認める訳にはいかなかった。すると、彼らはたとえ寡兵《かへい》であっても地形を上手《うま》く利用すれば撃退できると言い出した。ケフェウス帝国にできたことが我々にできないはずがないとも。

あまりに楽観的な考え方にイグニスは目眩《めまい》を覚えた。ケフェウス帝国が持《も》ち堪《こた》えられたのは主力が人間の能力を上回る亜人《あじん》であったからだ。指揮官の存在も大きい。兵力差が十倍となれば兵士は怖じ気づく。敵前逃亡《とうぼう》をしても不思議ではない。だというのに敵指揮官は兵士を戦わせた。戦わせることができた。それだけではない。別働隊を組織し、こちらの本陣《ほんじん》を襲撃《しゅうげき》させたのだ。一体、どれほど激しい戦いだったのか。イグニスは戦いの跡《あと》を見ただけだが、おおよそ見当が付く。決死——敵は死兵となって戦ったのだ。兵士にそこまでさせられる指揮官がこの国にいるだろうか。

結局、派兵が決定したのは手遅《ておく》れになってからだ。早晩、帝国軍はこのマルカブの街を目指して行軍を開始するはずだ。糧秣と援軍《えんぐん》の当てがあれば籠城《ろうじょう》できるが——。

「まだ、貴殿《きでん》の部下は来ないのか」

「早馬を走らせております、指揮官殿《どの》」

苛立《いらだ》たしげな口調で話《はな》し掛けてきた男にイグニスは平静を装って答えた。すると——。

「私のことは神祇官《しんぎかん》と呼べと言っただろう！」

「これは失礼しました、神祇官殿」

男――神祇官がヒステリックに叫び、イグニスは形ばかりの謝罪をした。神祇官は今回の作戦指揮官だ。名前は知らない。彼が名乗りもせずに神祇官と呼ぶように言ってきたからだ。親からもらった名を蔑《ないがし》ろにし、神殿《しんでん》の役職を尊ぶ。そこまでして神殿に媚《こび》を売りたいのかとさえ思う。だが、処世術としては正しいのだろう。神祇官は軍務経験がないに等しいにもかかわらず、こうして指揮官の座についているのだから。

「私の部下が到着《とうちゃく》するまで最低でも二週間は掛かると思って頂きたい」

「何故、そんなに遅い！」

「現状、動かせるのは神祇官殿の部下三千と私の部下千のみです」

お前らが邪魔をしたからだという言葉を呑《の》み込み、イグニスは淡々《たんたん》と答えた。それが勘《かん》に障《さわ》ったのだろう。神祇官の片眉が跳《は》ね上がる。だが、今度は喚《わめ》かなかった。

「神祇官殿《どの》はどのような作戦をお考えでしょうか？」

「なんだ、そんなことも分からんのか」

ふん、と神祇官は小馬鹿《こばか》にするように鼻を鳴らした。恐《おそ》らく、神祇官はマルカブの手前にある隘路《あいろ》で帝国軍を迎《むか》え撃《う》つつもりだろう。あそこは道の両側が急勾配《きゅうこうばい》の丘《おか》になっている。上手く位置取れば三方から攻撃《こうげき》を仕掛《しか》けられる。だが――。

「マルカブと国境砦《とりで》の中間にある丘陵《きゅうりょう》地帯で帝国軍を迎え撃つ。国境砦を守る警備隊と連携《れんけい》して挟撃《きょうげき》すれば帝国など恐るるに足りん」

「神祇官殿、再考を」

イグニスは目眩を覚えながら言葉を絞《しぼ》り出した。神祇官の作戦はそれほど悪いものではない。敵が何の備えもしていないと考えている以外は──。

「ふん、何を言うかと思えば。イグニス将軍、貴殿は分かっていない」

「何をでしょうか？」

「我々の信仰心《しんこうしん》をだ。国境砦の指揮官は純白《じゅんぱく》にして秩序《ちつじょ》を司《つかさど》る神の敬虔《けいけん》な信徒だ。帝国軍は我々の信仰心を思い知ることになるだろう」

「……再考を」

「くどい！　私は国王陛下から指揮官に任じられたのだぞッ！」

神祇官は再びヒステリックに叫んだ。

「それに、私にはまだ策がある」

「それはどのような？」

「周辺の村々から農民を集めているのだ！　二千程度しか集められんだろうが、これも立派な戦力だ！　六千の兵士と信仰心を以《もっ》てすれば帝国軍など容易《たやす》く撃退できる！」

ひひひッ、と神祇官は笑った。視線が集中する。御者《ぎょしゃ》の視線だ。それに気付いたのだろう。神祇官は笑うのを止め、ハンカチで口元を拭《ぬぐ》った。

「では、私は作業を監督《かんとく》してくる。貴殿は……好きにしろ」

「承知しました」

イグニスは踵《きびす》を返した。そうしなければ神祇官を殴《なぐ》ってしまいそうだった。訓練も積んでいない農民を集めた所で何の役に立つというのか。万が一、帝国軍を撃退することができたとしても二千人もの男手を失ってはこの辺りは立ち行かなくなってしまう。だが、今は帝国軍だ。歩きながら勝つ方法を考えるが、妙案《みょうあん》は浮《う》かばない。当然か。ここで妙案を思い付くようなら敗軍の将の汚名《おめい》を着ることはなかった。

「いっそのこと、発想を切《き》り替《か》えるべきか」

「ほう、いい考えでも浮かんだか？」

イグニスが呟いた時、艶のある女の声が聞こえた。周囲は喧噪《けんそう》に包まれているのに不思議と明瞭《めいりょう》だ。舌打ちして声のした方を見ると、ババアが酒場で飲んだくれていた。

「ババア！　軍議に出席せずに何をしていたッ！」

イグニスは大声で叫び、ババアに詰《つ》め寄った。

「そんなに大きな声を出すでない。他の客が驚《おどろ》いとるぞ」

「どうして、軍議に来なかった！」

「ん？　むむ、いつの間にいなくなったんじゃ？」

ババアは周囲を見回し、首を傾《かし》げた。

「俺《おれ》が知るか！　一体、いつから酒を飲んでいた！　どうして、軍議に来なかった！」

「そんなに怒《おこ》ると、泣いてしまうぞ」

チッ、とイグニスは舌打ちをした。

「どうして、軍議に出席しなかった」

「だって、呼ばれておらんし」

「そんな訳が——いや、まさか」

「ほれ、心当たりがあるんじゃろ？　お呼ばれしてないのに押しかけるのも、の～」

イグニスの脳裏《のうり》を過《よぎ》ったのは純白神殿の大神官——アルブスの姿だった。純白神殿の神祇官が指揮官になるという暴挙としか思えない人事の後だ。あの男が裏で手を回してババアを軍議に参加させなかったとして何の不思議があるだろう。

「お主は戦うこと以外、からっきしじゃのぅ」

「だが、ババアなら分かったはずだ」

「エルフの集落に行っとったから、どのみち無理じゃ」

「偵察《ていさつ》でも……まさかな」

イグニスは自分の考えを一笑に付した。ババアが偵察などする訳がない。

「何気に傷付くのぅ」

「エルフの集落で何をしてきた？」

「近くをケフェウス帝国軍が通るから避難《ひなん》するように忠告してきたんじゃ」

「無駄なことを」

イグニスは吐き捨《す》てた。逃げる当てがあるのならとっくに逃げ出しているはずだ。それをしないのはその場に留《とど》まるか、野垂れ死ぬかの選択肢《せんたくし》しかないからだ。

「性分《しょうぶん》じゃ。十年くらい前はあの辺りにもエルフの集落が二つ、三つあったんじゃが、王国の軍に焼かれて、散り散りになってしもうてな」

「その集落の話は初めて聞く」

「そりゃ、お前さんは性根が歪《ゆが》んでおらんからな」

「エルフを殺したければ帝国軍と戦えばいいものを」

イグニスは吐き捨てた。帝国軍のエルフは弓と魔術《まじゅつ》を使いこなす恐るべき敵だが、王国のエルフは無力な存在だ。そんなものを殺して何になるというのか。

「ところで、お主の領地にいるエルフはどうじゃ？」

「知らん。興味がない」

　自分の領地にエルフの集落があることは知っているが、積極的に関わっていない。これからも積極的に関わるつもりはない。もちろん、迫害《はくがい》するつもりもない。ババアに軽蔑《けいべつ》されるような真似《まね》だけはすまいと誓《ちか》っている。

「ババアはどうするつもりだ？」

「ワシはここで酒を飲む」

「非常時だぞ」

「従軍してもいいが、ワシは敵味方分《わ》け隔《へだ》てなく助けるぞ」

「敵を助けてどうする」

「同じ命じゃ」

　ババアは当然のように言い放った。漆黒《しっこく》にして混沌《こんとん》を司る女神《めがみ》の信者であればババアの言葉に感銘《かんめい》を受けたかも知れない。だが、イグニスは寒気を覚えた。命は等しく無価値と言われたような気がしたからだ。

「ババア、俺はこの国を変えるぞ」

「そうか。お主の人生じゃからな」

　好きにせい、とババアは酒を呷《あお》った。

第三章　『軍規』

帝国暦四三一年一月初旬《しょじゅん》――夜が白んできた頃《ころ》、第一、第二、第十二近衛騎士団《きしだん》に八個半大隊を加えた帝国軍一万千五百余は前線基地を発《た》った。帝国にとって三十余年ぶりの外征であり、さらには皇子アルフォートの初陣《ういじん》にもかかわらず出陣式《しゅつじんしき》は執《と》り行《おこな》われなかった。やや不自然なことだったが、それについて疑問を口にする者はいなかった。帝国軍は粛々《しゅくしゅく》と行軍し、昼過ぎには原生林の東端《とうたん》に到達《とうたつ》した。

※

クロノ達は列をなして原生林を進む。ケフェウス帝国と神聖アルゴ王国を隔てる原生林は広大だ。だが、神聖アルゴ王国軍がエラキス侯爵《こうしゃく》領に侵攻《しんこう》した際に間道を利用したように人の手が入っていない訳ではない。今回、行軍ルートとして選ばれたのもそんな間道の一つだった。草が少なく、荷車が通れる程度の幅《はば》もあるが――。

「クロノ様！　車輪が木の根に引っ掛かっちまっただよ！」

「くそッ、またか！」

後方からホルスの声が響き、クロノは悪態を吐いた。

「大将、あっしが行ってきやすぜ」

「いや、ミノさんはその場で待機」

「分かりやした。ホルスはお任せしやす」

ミノは頷《うなず》き、ポーチから透明《とうめい》な球体――通信用マジックアイテムを取り出した。敵に襲撃された時に素早《すばや》く命令を下すためだ。これでいい。ミノが残った方が敵の襲撃を受けた際に柔軟《じゅうなん》に対応できる。クロノはホルスの下へ走った。

「お待たせ」

「あと少しって所で戻っちまうだ！」

クロノが到着すると、ホルスは情けない声で言った。木の根を乗り越《のこ》えようと荷車を引くが、あと少しという所で引き戻されてしまう。

「護衛の人達《たち》！　お願いします！」

クロノが声を張り上げると、粗末《そまつ》な革鎧《かわよろい》を身に着けたミノタウロスが荷車の後ろに回った。クロノの部下ではなく、他の大隊に所属するミノタウロスだ。

「行くでよ！　一、二、三ッ！」

ホルスの掛け声《ごえ》に合わせて荷車を押すと、車輪が木の根を乗り越えた。着地の衝撃《しょうげき》で荷車がギシギシと軋《きし》む。だが、幸いにも荷車が壊《こわ》れることはなかった。ホッと息を吐き、進行方向を見る。この分だと何度も木の根に引っ掛かりそうだ。

「護衛の人達は森を抜けるまで荷車の後ろに付いて下さい！　アリデッド、デネブ、レオの部隊は護衛の任務に専念して！」

「「了解《りょうかい》！」」

アリデッド、デネブ、レオの指示でエルフの弓兵と獣人の歩兵が周囲を警戒《けいかい》し、他の大隊に所属するミノタウロスとリザードマンがのそのそと荷車の後ろに移動する。荷車が動き出し、クロノは元の場所——ミノの所に戻った。

「ただいま」

「お疲《つか》れ様《さま》です」

クロノはミノと肩《かた》を並べて歩き出す。

「思ったより手間取りやすね」

「そうだね。もっとルートの選定は慎重《しんちょう》にやって欲《ほ》しかったよ」

「まったくでさ。他の大隊から手を借りられなかったら動けなくなってましたぜ。ところで、どうやって他の大隊に協力させたんで？」

「それは僕《ぼく》の人徳だよ」

「大将、嘘《うそ》はいけませんぜ」

「ぐッ、さらっと流してくれればいいのに」

ミノが憐《あわ》れんでいるかのように言い、クロノは呻いた。

「それで、どうやったんで？」

「一人頭金貨一枚出して借りた」

「そいつは吹《ふ》っ掛けられやしたね」

「うん、帰ったらエレナにすごく文句を言われると思う」

きっと、ものすごく怒るに違《ちが》いない。その時のことを想像して暗澹《あんたん》たる溜息《ためいき》を吐く。

「そういや、大将は馬に乗らないんですかい？」

「藪《やぶ》から棒《ぼう》にどうしたの？」

「大将が乗馬の訓練をしている所を見たことがないもんで、気になったんでさ」

クロノは無言で歩く。不審《ふしん》に思ったのだろう。ミノがこちらに視線を向ける。

「大将、まさか――」

「馬に乗れない訳じゃないよ」

クロノはミノの言葉を遮《さえぎ》った。軍学校で必死に訓練したので馬には乗れるが——。

「でも、戦闘《せんとう》は無理」

「そんなんでよく軍学校を卒業できやしたね」

「補講担当の先生と一緒《いっしょ》に頭を下げまくったからね」

あちゃー、とミノは手で顔を覆った。

「軍学校を卒業すると、普通《ふつう》は騎士の称号——士爵位《ししゃくい》をもらえるんだけど」

「士爵位ってのはそんな簡単にもらえるんですかい？」

ミノは困惑《こんわく》しているかのように言った。

「貴族の場合はね。まあ、僕はもらえなかったけど。先生達に嫌《きら》われてたことと実技の成績が最下位だったこと、演習でティリアに勝ったこと、どれが原因だったと思う？」

「それだけやらかしてよく卒業できやしたね」

ごくり、とミノは喉《のど》を鳴らした。

「だから、補講担当の先生と一緒に頭を下げまくったんだよ」

「その補講担当の先生に感謝しなきゃいけやせんね」

「本当に、頭が上がらないよ」

「いや、大将じゃなくてあっしらがでさ」

「なんで、ミノさん達が感謝するの？」

言葉の意味が分からず、クロノは首を傾げた。

「そりゃ、その先生が一緒になって頭を下げてくれなかったら、大将は軍学校を卒業できず、あっしらは去年の五月に神聖アルゴ王国の連中に殺されてたからでさ」

「ああ、そういうことね」

ようやく合点《がてん》がいき、クロノは頷いた。

「そんな訳で馬に乗ってないんだけど、ご理解頂けたでしょうか？」

「納得《なっとく》はしやしたが、行軍の時くらい馬に乗ってもいいと思いやすぜ」

「無理して落馬したら格好悪いし」

「確かに落馬するくらいなら泥《どろ》に塗《まみ》れた方がマシかも知れやせんね」

ミノはクロノの足下《あしもと》を見て笑った。ブーツとズボンが泥に塗れている。だが、それはミノも同じだ。だから、気にするようなことではない。

「その格好なら貴族様にゃ見えないんで、敵兵も見逃《みのが》しますぜ」

「だといいね」

クロノは苦笑《くしよう》し、自分を見下ろした。マントの下に身に着けているのは部下と同じゴルディの工房《こうぼう》で作られた胸甲冑《ブレストアーマー》と鎖帷子《チェインメイル》だ。武器は長剣《ちようけん》と短剣《たんけん》が一振《ひとふ》りずつ、腰のポーチには医薬品と硬パンが四十本、飴玉《あめだま》が二十個入っている。飴玉を支給した時、部下は喜んでくれた。侯爵領に戻ったら甜菜《てんさい》の栽培《さいばい》を広め、ゆくゆくは子どもの小遣《こづか》いでも飴玉を買えるようにしたいが――。まずは生き延びてからだ、とクロノは短剣の鞘《さや》に触れた。

※

不意に視界が開け、クロノは強烈《きょうれつ》な茜色《あかねいろ》の光に目を細めた。いつの間にか夕方になっていたのだ。周囲を見回す。原生林を抜けたのではなく、開けた空間に出ただけのようだ。すぐ近くに池があるが、水は濁っている。そのまま飲んだら腹を下すに違いない。

「近衛騎士団長及《およ》び各大隊長は集合せよ！」

ベティルが馬首を巡らせて叫《さけ》んだ。すぐ近くには近衛騎士《きし》に担《かつ》がれた輿《こし》がある。あれにアルフォートが乗っているのだ。

「じゃ、行ってくる」

「へい、あとのことはあっしに任せて下せぇ」

クロノはベティルの下に向かった。彼《かれ》が叫んでから数分と経《た》っていない。にもかかわらずそこにはレオンハルト、タウル、八人の大隊長の姿があった。

「遅いぞ、エラキス侯爵」

「仕方がありませんよ。ヤツは歩いてますからね」

「亜人《あじん》どもと一緒に歩くなんて貴族の風上にもおけません」

「これだから成り上がり者は」

「ひょっとして馬に乗れないいじゃないか」

ベティルの言葉に四人の大隊長が追従する。他《ほか》の四人は黙《だま》っているが、ニヤニヤと笑っている。嫌《いや》なヤツらだ。軍学校の同期だってもっと遠慮《えんりょ》があった。

「申し訳ございません」

「う、うむ、これからは素早く行動するのだぞ」

ベティルはカイゼル髭《ひげ》を撫《な》でつつ言った。自分の一言でクロノが嘲笑《ちょうしょう》されるとは思っていなかったのだろう。ちょっと気まずそうだ。

「今日はここで野営をする」

「では、私が殿下《でんか》の玉体を——」

「抜け駆《が》けするな！」

「そうだ！　お前になんて任せられるか！」

「殿下をお守りするのは私だ！」

ベティルが静かに告げると、大隊長達が言い争いを始めた。

「我《わ》が家《や》は歴史ある――」

「知るか！」

「やったな！」

ある大隊長が口上を遮り、肩を小突《こづ》く。すると、小突かれた方がやり返す。すぐに取っ組み合いの喧嘩《けんか》に発展した。ベティルがうんざりしたような表情を浮かべる。気持ちは分かる。野営をするのに喧嘩をしているようでは先が思いやられる。

「止《や》めんか、お前達」

「……分かりました」

「……タウル殿の言葉なら」

タウルが声を掛《か》けると、二人の大隊長は引き下がった。

「禍根《かこん》を残さぬよう話し合いで決めようではないか。よろしいですな、ベティル副軍団長？」

「う、うむ、もちろんだ」

タウルが問《と》い掛けると、ベティルは鷹揚《おうよう》に頷いた。これで話がスムーズに進むと思ったが、話し合いはなかなか進まなかった。何度も殴り合《あ》いに発展しかけ、そのたびにタウルが間に割って入った。近衛騎士団がアルフォートの天幕の三方を守り、その周辺を八人の大隊長は守ると決まった頃には陽《ひ》が沈《しず》んでいた。

「うむ、これで決まりだな。各自野営の準備を進めるように」

「お疲れ様です」

ベティルが解散を宣言し、クロノはぺこりと頭を下げて部下の下に向かった。今から野営の準備をすると思うと気が重い。項垂《うなだ》れて部下の所に向かう。

「大将、お疲れ様で」

「うん、疲れた」

ミノに声を掛けられ、クロノは顔を上げた。軽く目を見開く。天幕が張られ、夕食の準備が進められていたからだ。

「これは？」

「すいやせん。大将が遅かったもんで、先に準備を進めさせて頂きやした」

「ありがとう、ミノさん」

「褒《ほ》められるようなことじゃありやせん。夕食ができるまでもう少し掛かるんで、大将はその辺に座って待ってて下せぇ」

「ありがとう」

クロノは改めて礼を言い、近くにあった岩の上で胡坐《あぐら》を組んだ。太股《ふともも》を支えに頬杖《ほおづえ》を突《つ》く。早朝から歩《ある》き詰《づ》めだったせいか眠《ねむ》くなってくる。大きな欠伸《あくび》をしたその時――。

「疲れている所、申し訳ないが、もう一仕事頼《たの》まれてくれないだろうか？」

「――ッ！」

突然《とつぜん》、背後から声を掛けられ、クロノは岩から転がり落ちた。イタタッ、と腰を擦《さす》りながら立ち上がる。すると、レオンハルトが岩の向こうに立っていた。

「レオンハルト殿、何かあったんですか？」

「斥候《せっこう》がエルフの集落を見つけてね。水場の情報を手に入れるために接触《せっしょく》を図《はか》ろうとしているのだが、私はクロノ殿のように亜人と友好的な関係を築く自信がなくてね。それで交《こう》渉《しょう》をお願いしようと思ったのだよ」

「分かりました」

クロノは頷いた。友好的な関係を築く自信がないというのは話半分に聞くとしてレオンハルトには味方を騎《き》兵《へい》の的にしないように通達してもらった借りがある。戦闘では役に立てそうにないのでここで借りを返しておきたい。

「ミノさ〜ん！　ちょっと留守にするから留守番をよろしくッ！」

「分かりやした！」

クロノの叫びにミノが大声で応じる。

「アリデッド、デネブ、リザド！　……護衛をお願いします」

クロノがぼそっ呟《つぶや》くと、アリデッドとデネブがすっ転んだ。相変わらず、ノリがいい。

しばらくして三人はクロノの下にやってきた。

「ご飯を楽しみにしてたのに人使いが荒《あら》いし！」

「こんな時でなければ飴玉を要求している所みたいな」

「……承知」

アリデッドとデネブは文句を言ったが、リザドはマイペースだ。

「はい、という訳でこの先にエルフの集落を発見したので――」

「「まさか、襲撃？」」

アリデッドとデネブはぎょっと目を剥《む》き、がたがたと体を震《ふる》わせた。

「情報収集だよ」

「略奪や強姦《ごうかん》は基本みたいな節があるし」

「同じエルフにそんなことをするなんて、あたしらは辛《つら》い！　耐《た》えられないみたいな！」

アリデッドとデネブはクロノの言葉を信じていないようだ。これまでこつこつと積み重ねてきたはずの信頼《しんらい》は何処《どこ》に行ってしまったのだろう。

「現地人に反感を買うような真似はしないよ。将来、帝国の人間になる可能性もあるし」

「なるほど、そういう考え方もできるみたいな」

「最初からそう言ってくれればよかったのにみたいな」

「ふむ、クロノ殿は先を見据《みす》えているのだね」

アリデッド、デネブ、レオンハルトの三人は感心したように言った。だが、クロノの本心は別にある。現地人から反感を買ったら敗走した時に襲《おそ》われそうだと思ったのだ。

「では、よろしく頼む」

「微力《びりょく》を尽《つ》くします」

クロノが敬礼すると、アリデッド、デネブ、リザドの三人もそれに倣《なら》った。やや遅《おく》れてレオンハルトが返礼する。ほう、と声が漏《も》れてしまいそうなほど見事な敬礼だった。

※

レオンハルトに見送られて野営地を出発した十数分後――。

「照明を用意しておけばよかった」

「今更《いまさら》、言っても遅《おそ》いし」

「敵に見つかったら大ピンチだし」

クロノはアリデッドとデネブに手を引かれながら暗闇《くらやみ》を進む。月と星は出ているが、木々の枝に遮られて光が届かないのだ。手を放されたらアウトだ、と手に力を込める。

「手から気持ちが伝わってくるし。そんなに求められたら困っちゃうみたいな」

「手を放されたら死ぬぜっていう気持ちが伝わってきて、プレッシャーだし」

残念ながらクロノの気持ちは一方——恐らく、デネブにしか伝わらなかった。

「それにしても三人ともよく見えるね」

「これがあたしらにとっては普通だし」

「夜警の時はびくっとさせちゃうから必要ない照明を持つこともしばしばみたいな」

「……普通」

「すごいね」

「人間の方がすごいし」

「というか、怖いし」

「僕は手を引いてもらえないと歩けないような有様なんだけど？」

「集団になった時の怖さみたいな」

「実は、あたしらはこの辺の出身だったり」

「ああ、そういうことか」

クロノは二人が襲撃という言葉を口にした理由を朧気《おぼろげ》ながら理解できたような気がした。

「クロノ様が襲撃しないって言った時にちょっとだけ安心したし」

「顔見知りはいないけど、殺されたり、強姦されたりする所は見たくないみたいな」

アリデッドとデネブはぎゅっと手に力を込めた。

「だから、ちょっと期待してる部分があるみたいな」

「何を？」

クロノは問い返した。話し掛けてきたのはアリデッドか、それともデネブか。そんなことを考えて頭を振《ふ》る。この暗闇だ。確かめようがない。

「レイラを引き留めた時の……」

「世界人権宣言だし」

「そうそれだし。クロノ様がやってくれるんじゃないかって期待してるみたいな」

「……やりたいけど」

クロノは口籠《くちご》もった。世界人権宣言をすると言いたいが、考えてしまうのだ。理想を掲《かか》げれば敵を作ることになる。彼らと戦うだけの力が今の自分にあるだろうかと。

「やりたいで、ちょっと信じさせてくれるだけで十分だし」

「レオが言ってた通り、気分よく――ん、着いたみたいな」

アリデッドとデネブが歩調を緩《ゆる》め、急に視界が開けた。森を抜《ぬ》けたのだ。やや離れた場所に傾《かたむ》いた小屋が十軒《じっけん》ほど建っている。クロノはアリデッドとデネブから離れて集落に歩み寄った。ポーチに手を入れ、金の指輪――通訳用マジックアイテムを取り出す。

「こんなこともあろうかと通訳用マジックアイテムを買っておいたんだ」

「そんなのなくても言葉は通じるし」

「クロノ様の心意気を無駄《むだ》にしちゃ駄目《だめ》みたいな」

「言葉が通じるの？　初めての外国だから気合い入れて買ったのに？」

「あたしらに言われても困るし」

「初めての外国って、すごいようなすごくないような響《ひび》きだし」

高かったのに、とクロノは金の指輪を見つめた。言われてみれば五月に神聖アルゴ王国軍と戦った時、彼らの言葉を理解できた。

「まあ、いい。そんなに、すごい、失敗をした訳じゃない」

「クロノ様！　もっと自分を誤魔化《ごまか》すみたいな！」

「言葉の端々《はしばし》から後悔《こうかい》が滲《にじ》み出《で》てるし！」

「……奮起」

クロノは指輪を握《にぎ》り締《し》め――。

「え～、お騒《さわ》がせしています！　私はケフェウス帝国《ていこく》軍で大隊長を務めておりますクロノと申します！　この集落の代表者と話をしたく！　恐れ入《い》りますが、代表者の方は出てきて頂けないでしょうかッ！」

大声で語りかける。すると、数人のエルフが小屋から顔を覗《のぞ》かせた。もっとも、すぐに頭を引っ込めてしまったが――。

「もう少し攻撃的《こうげきてき》な感じで話した方がいいかもみたいな」

「ちょっと舐《な》められそうな感じだし」

「怖《こわ》がらせるのはマズいよ」

敗走した時に襲われるのはもちろん、友好的な関係を築けずに責任を問われるのも嫌だ。

「私は！　ケフェウス帝国軍で大隊長を務めておりますクロノと申しますッ！　この集落の代表者と話をしたくてまいりました！　ご安心下さい！　皆《みな》さんに危害を加えるつもりはございませんッ！　出てきて頂けないでしょうかッ！」

クロノは再び声を張り上げる。すると、小屋から代表者と思《おぼ》しきエルフが出てきた。隻《せき》眼《がん》の男だ。左耳は半ばから途切《とぎ》れ、ボロボロの衣服に包まれた体はひどく痩《や》せている。腕《うで》には刃物《はもの》による傷痕《きずあと》が残り、胸元《むなもと》には火傷《やけど》の痕《あと》があった。だというのに残された目に宿る光は強い。それだけで男が悲惨《ひさん》な経験をしたのだと分かる。

「帝国の兵隊が何のようだ」

「この近くを行軍することになったので挨拶《あいさつ》に来ました。我々は貴方達《あなたたち》に危害を加えるつもりはありませんが——」

「好きにすればいい」

クロノの言葉を遮り、男は吐《は》き捨てるように言った。

「話は最後まで聞いて下さい。我々は貴方達に危害を加えるつもりはありませんが、馬鹿《ばか》なことをするヤツがいるかも知れないので隠《かく》れていて下さい」

「分かった。どうせ、俺達《おれたち》が兵隊と戦えるはずもない」

「あと一つ、聞きたいことがあります」

「何だ？」

「マルカブの街までの情報と水場について教えて下さい」

「一つじゃなかったのか？」

「それは言葉の綾《あや》ということで」

チッ、と男は不愉快《ふゆかい》そうに舌打ちをした。

「神聖アルゴ王国は湿地《しっち》が多い。だから、水に困ることはないはずだ」

「……軍務局の情報は正しかったか」

クロノはぼそっと呟く。問題は水質だが、炭を使った蒸留器ならば小学生の頃に作ったことがある。何度も蒸留し、煮沸《しゃふつ》消毒すれば飲み水を確保できる。

「ありがとう」

「分かったら、さっさと消えてくれ」

男は取り合わず、踵を返した。

「待って下さい」

「まだ何かあるのかッ？」

男が苛立《いらだ》ったように振り返《かえ》り、クロノは手にしていた指輪を投げた。放物線を描《えが》いて飛んだ指輪を男は難なく掴《つか》んだ。投げておいてなんだが、よく掴めたものだ。男は手を見下ろし、息を呑《の》んだ。

「何のつもりだ？」

「情報提供料です。通訳用マジックアイテムですが、材質は金らしいのでそれなりの値段で売れると思います。換金《かんきん》して冬を越す資金にしてもらっても、ここから逃《に》げる資金にしてもらっても構いません」

「ここから逃げて何処に行けって言うんだ」

確かに、とクロノは頷いた。逃げる当てがあるならとっくに逃げているだろう。

「私の領地はどうでしょう？」

「奴隷《どれい》になれってことか？」

「まさか、私は善政を敷《し》く領主として名が通ってます」

「自分で言うのはどうかと思うけど、概《おおむ》ねそんな感じの評価だし」

「女心が分からない所はあるけど、悪い人ではないし」

「二人ともフォローしてよ」

アリデッドとデネブから援護《えんご》を得られず、クロノは深々と溜息を吐いた。

「……そのエルフは何だ？」

「二人は――」

「愛人みたいな！」

「エルフを愛人にしているのか？」

「うん、まあ、そうです」

男の問い掛けにクロノは頷いた。ここで否定するのもどうかと思ったのだ。

「その気になったらエラキス侯爵領に来て下さい。領民として迎《むか》えます」

クロノは踵を返して歩き出す。すると――。

「言っておくけど、これは大チャンスだし！」

「一生に一度あるかないかみたいな！」

「……好機」

アリデッド、デネブ、リザドの三人は男に言い、追いかけてきた。

「領民として迎えるのって本気みたいな？」

「この集落の人達、エラキス侯爵領に来ると思うみたいな？」

「僕は本気だけど、かなり悩《なや》むんじゃないかな」

「ここにいたってじり貧だし」

「神聖アルゴ王国の気分次第《しだい》で殺されちゃうみたいな」

アリデッドとデネブは不満そうに呟いた。

「自分達の人生が懸《か》かっていることだからね。本当にギリギリまで悩むと思う」

そう言って、クロノは足を止めた。

「『どうかしたのみたいな？』」

「すみません。手を握って下さい」

クロノが切り出すと、リザドが歩み出た。クロノの前に立ち、その場にしゃがむ。

「リザドが背負うって言ってるし」

「正しい判断だと思うし」

「そう？　悪いね」

クロノはリザドの背中に覆《おお》い被《かぶ》さった。

「リザドさん、背中が広いですね」

「……立つ」

リザドはぼそっと呟き、立ち上がった。視界が急に高くなる。

「これで早く帰れるみたいな」

「振り落《お》とされないように頑張《がんば》って欲しいし」

「それはどう――」

「……行く」

やはりぼそっと呟き、リザドは走り出した。巨躯《きょく》から想像もできないほど滑《なめ》らかな挙動だ。上下の振動《しんどう》が少なく、それでいて速い。速すぎる。

「こ、怖ッ！　速くて暗くて怖いんですけどッ！」

「これならすぐに野営地に着くし！」

「振り落とされないようにご注意下さいみたいな！」

その夜――クロノは風になった。

※

「クロノ殿《どの》、どうかしたのかね？」

クロノ達が野営地に戻《もど》ると、レオンハルトが出迎《でむか》えてくれた。だが、彼は困惑しているかのような表情を浮《う》かべている。クロノがリザドに背負われているせいだ。

「い、いえ、暗くてよく見えなかったので」

「そうか、怪我《けが》でもしたのかと心配したよ」

クロノがリザドから下りると、レオンハルトは胸を撫で下《お》ろした。

「それで、首尾《しゅび》は？」

「こちらを警戒していたので友好的な関係を築けた自信はありません。ですが、少なくとも敵対はしませんでした」

「首尾は上々という所だね」

「ただ、こちらが蛮行《ばんこう》に走った時はその限りではないと思います」

「分かった。帝国軍として恥《は》じぬ行動を取るように周知しておこう」

「お願いします。あと、神聖アルゴ王国には湿地が多いという情報を得られました」

「湿地か。飲み水としては適当でないのだろうね」

「そのことですが、炭と土があれば簡単な蒸留器を作れます」

ほう、とレオンハルトは軽く目を見開いた。

「いざという時には頼《たよ》ってもいいかね？」

「ええ、もちろんです」

クロノは小さく頷いた。

「では、ゆっくり休んでくれたまえ」

「了解しました」

レオンハルトは踵《きびす》を返し、自分──第一近衛騎士団の天幕に向かった。

「アリデッド、デネブ、リザドの三人もお疲れ様」

「「お疲れ様だし！」」

アリデッドとデネブは勢いよく頭を下げると走り出した。二人が向かった先にいるのは女将《おかみ》だった。二人に気付くと、女将は驚《おどろ》いたような素振《そぶ》りを見せた。

「女将、ご飯をくださいみたいな！」

「クロノ様に付き合って食いっぱぐれたみたいな！」

「はいはい、アンタ達の分は取ってあるから騒ぐんじゃないよ」

纏《まと》わり付《つ》く二人に女将は溜息交じりに応じる。

「……失礼」

「ゆっくり休んでね」

リザドが女将の下に向かい、入れ替《か》わるようにミノがやってきた。

「大将、お疲れ様で」

「ミノさんこそ、留守番お疲れ様。料理の件はミノさん？」

「へい、あっしが取っておくように指示しやした。あと、差し出がましいようですが、手伝ってくれた連中に酒と干し肉を支給しときやした」

「ありがとう。ミノさんのお陰《かげ》で助かるよ」

クロノが礼を言うと、ミノは照《て》れ臭《くさ》そうに頭を掻《か》いた。

「食事は天幕に持って行かせやすから大将は先に休んでて下せぇ」

「分かった。あとのことは任せるよ」

「へい、任されやした。天幕はあっちでさ」

ミノが天幕を指し示し、クロノはそこに向かう。中に入り、視線を巡《めぐ》らせる。テーブル、イス、ベッドの他、木箱がいくつかある。クロノはマント、胸甲冑、鎖帷子、さらに上着を脱《ぬ》ぎ、木箱の上に置く。その時、女将が天幕に入ってきた。

「食事を持ってきてやったよ」

「うん、ありがと」

クロノが席に着くと、女将は木製のトレイを目の前に置いた。メニューはナンのような平べったいパンと豆のスープ、干し肉が数切れだ。

「粗末な食事で申し訳ないね」

「戦争中だから仕方がないよ」

「聞き分けのいい雇《やと》い主《ぬし》で助かるよ」

女将は溜息交じりに言って、対面の席に座《すわ》った。頬杖を突き、苦笑じみた顔をする。彼《か》女《じょ》の様子が少し気になったが、クロノはスプーンでスープを掬《すく》い、口元に運んだ。豆はしっかりと煮《に》えているが、味は染《し》みていない。スプーンを置き、パンを手に取る。大きめに千切って頬《ほお》張《ば》る。やや粉っぽい。

「どうだい？」

「美味《おい》しいよ」

「本当かい？」

女将は訝《いぶか》しげな表情を浮かべた。

「味が染みてなかったり、粉っぽかったりするけど……」

クロノは干し肉を摘《つ》まんで囓《かじ》る。塩っぱいが、美味《うま》い。歩き詰めだったせいだろう。

「大丈夫《だいじょうぶ》、美味しいよ」

「それは美味しいっていうのかねぇ」

女将は溜息を吐くように言って微笑《ほほえ》んだ。クロノはそんな彼女を上目遣《うわめづか》いに見ながらパンを千切り、口に運ぶ。ふとあることに気付く。

「そういえば……」

「何だい？」

「女将は僕が食事をしてる時に対面に座ることが多いけど、何かあるの？」

「クロノ様は美味しそうに食べてくれるからそれでだね」

ふふ、と女将は笑った。未亡人とは思えない可愛《かわい》らしい笑《え》みだ。

※

行軍二日目――夜が白んできた頃《ころ》、ジョゼフは野営地を抜け出《だ》した。エルフの集落に行くためだ。大隊長からエルフに危害を加えてはならないと命令されていたが、知ったことではない。そもそも大隊長にそんなことを口にする資格はない。

数年前に盗賊《とうぞく》を討伐《とうばつ》した時、大隊長のクソみたいな指示のせいで危《あや》うく死にかけた。実際に死んでしまった者もいる。それでも、従ってやっている。いや、今は大隊長のことなんてどうでもいい。エルフだ。エルフの女を犯《おか》したい。

ジョゼフは足を止め、木の陰に隠れた。何かが動いたのだ。木の陰からそっと様子を窺《うかが》い、嘆息《たんそく》する。何かの正体はエルフだった。女だが、ガキだ。わざわざこんな所まできたのに損した気分だ。野営地に戻って寝直《ねなお》そうと考え、ガキでも女は女だと思い直す。

それに、前線基地に来てから女を抱《だ》いていない。女がいない訳ではないが、金を出して抱ける類《たぐい》の女ではない。禁欲を強《し》いられていた。空腹は最高のスパイス。多分、性欲も同じだろう。ならガキでも大丈夫《だいじょうぶ》なはずだ。案外、悪くないかも知れない。

となれば善は急げだ。はやる気持ちを抑《おさ》えながらガキの背後に忍《しの》び寄《よ》る。パキッという音が響く。木の枝を踏《ふ》んだのだ。ガキが振り返ろうとする。だが、もう遅い。ジョゼフはガキの首根っこを掴み、木に叩《たた》き付けた。

力を入れすぎたせいだろう。ガキはバウンドし、背中から地面に叩き付けられた。可哀《かわい》想《そう》に鼻血が出ている。ガキは激しく噎《む》せ、ジョゼフから逃《のが》れようと地面を這《は》った。可愛らしい尻《しり》がぷりぷりと揺《ゆ》れる。まるで自分を誘《さそ》っているようだ。いや、誘っているに違いない。待ってろよ、とベルトに手を掛けたその時――。

「小汚《こぎたな》いものを曝《さら》すのは止めて欲《ほ》しいし」

「子ども相手に盛るのも止めて欲しいみたいな」

女の声と共に首筋に冷たいものが押《お》しつけられた。すぐにそれが何かを理解する。刃物だ。実戦経験のない新兵であれば小便をちびっていただろう。だが、ジョゼフには実戦経験がある。これくらいのトラブルは乗《の》り越《こ》えられる。

「大人しく野営地に戻ったら許してあげるし」

「さっさとベッドに戻るみたいな」

「分かった分かった！　けどよ、その前にその物騒《ぶっそう》なものをしまってくれよ」

刃物が離れ、ジョゼフは大きく足を踏み出した。逃げようとしていると誤解させるためだ。そして、振り向《む》き様に思いっきり拳《こぶし》を振るう。だが、拳は空を切り、冷たい感触《かんしょく》が鼻先を通過した。何かが落ちる。反射的に地面を見下ろし――。

「お、俺《おれ》の鼻がぁぁぁぁぁッ！」

ジョゼフは悲鳴を上げた。鼻が地面に落ちていた。ありえない。鼻というものは顔にあるものだ。地面に落ちていいものじゃない。だが、この熱――顔の中心から生まれる激痛は本物だ。畜生《ちくしょう》、どうして、こんなことを、とジョゼフは犯人――鏡で映したようにそっくりな二人のエルフを見た。二人はゴミでも見るような目でこちらを見ている。

「さっさと失《う》せるし」

「今ならくっつくかもみたいな」

「――ッ！」

ジョゼフは落ちた鼻を拾い上げ、野営地に向かって走った。なんてひどい二人なのだろう。自分はエルフのガキを強姦しようとしただけなのに――。ふつふつと怒《いか》りが込み上げてきた。そうだ。自分はエルフのガキを強姦しようとしただけだ。そもそも敵地の亜人を強姦したからって責められる謂《い》われはないはずだ。にもかかわらず、あの女は鼻を削《そ》ぎ落とした。許せることではない。この落とし前は付けなければ。ジョゼフは野営地に駆《か》け込み、大隊長に自分がいかに許しがたい蛮行を振るわれたのか涙《なみだ》ながらに訴《うった》えた。

※

「大将、大変でさ！」

「――ッ！」

ミノの声が響き、クロノはベッドから飛び上がった。

「何があったの？」

「とにかく来て下せえ！」

「分かった！　けど……ズボンだけ穿《は》かせて！」

クロノがズボンを穿くと、ミノは無言で歩き出した。慌《あわ》てて後を追う。すぐに人垣《ひとがき》が見えてきた。ミノが人垣をかき分け、その後に付いていく。人垣を抜けると、そこはアルフォートの天幕の近くだった。何故《なぜ》か、アリデッドとデネブが縛《しば》られ、座らされている。クロノは改めてミノに問い掛けた。

「何があったの？」

「あっしにも分かりやせん。飯の準備をしてたらいきなり近衛騎士団《きしだん》の連中がアリデッドとデネブを連れ去ったんでさ」

事情を知ってる人は、とクロノは視線を巡らせた。レオンハルトを見つけ、駆け寄る。

「何があったんですか？」

「少しまずいことになった」

クロノが問い掛けると、レオンハルトは難しそうに眉根《まゆね》を寄せて言った。詳《くわ》しい説明を求めようと口を開いたその時――。

「皆、聞いてくれ！　そこのエルフが俺の顔を切り刻んだんだッ！」

大声が響いた。声のした方を見る。すると、顔に包帯を巻いた兵士が大隊長と一緒《いっしょ》に立っていた。大隊長は迷惑《めいわく》そうに顔を顰《しか》めている。マズい。このままこの男に喋《しゃべ》らせたらアリデッドとデネブが不利になる。そう直感して口を開くが、タイミングが悪かった。天幕からアルフォートが出てきたのだ。怯《おび》えているかのように忙《いそが》しく目を動かしている。アルフォートが立ち止まる。アリデッドとデネブから五メートルほど離れた場所だ。ベティルがイスを置き、アルフォートに耳打ちをする。いい予感はしない。二言三言、言葉を交《か》わした後で、アルフォートはイスに浅く腰《こし》を掛けた。

「べ、ベティル副軍団長」

「これより簡易裁判を行う」

アルフォートが縋《すが》るような視線を向ける。すると、ベティルは厳《おごそ》かに宣言し、顔に包帯を巻いた男に視線を向けた。

「ジョゼフ、見回りをしていたらこの二人に襲われて顔を切り刻まれたということだが、間違《まちが》いないな？　嘘《うそ》を吐いたら厳罰《げんばつ》に処すが……」

「その通りです。俺は見回りをしていただけなのにそいつらに顔を切り刻まれたんです」

顔に包帯を巻いた男――ジョゼフはニヤニヤ笑いながら答えた。信じられない。そもそもアリデッドとデネブが何もしていない相手を傷つける訳がない。

「ジョゼフはこう主張しているが――」

「ちょっと待って下さいよ！」

ベティルがアリデッドとデネブに話《はな》し掛けようとすると、ジョゼフが邪魔《じゃま》をした。ベティルは苛立った様子でジョゼフに視線を向ける。

「なんだ？」

「俺が切り刻まれたって言ってるんです。すぐに処罰《しょばつ》したっていいでしょう？」

「これは裁判だ」

「でも、相手はエルフですよ」

「相違《そうい》ないな？」

ジョゼフを無視してベティルはアリデッドとデネブに問い掛けた。すると——。

「あたしらはそいつがエルフの子どもを強姦しようとしていたから止めただけだし」

「エルフに危害を加えちゃいけないって言ってたし」

アリデッドとデネブは拗《す》ねたような口調で言った。

「この二人はこう言っているが？」

「……ぐッ」

ベティルの言葉にジョゼフは呻《うめ》いた。クロノはホッと息を吐いた。アリデッドとデネブが処罰されて終わりかと思ったが、そうではないようだ。だが、一方的に処罰されて終わりでなければ、どうしてレオンハルトはマズいことになったと言ったのだろう。

「殿下《でんか》、如何《いかが》ですか？」

「そ、双方《そうほう》の言い分が――」

「ふ、ふざけるんじゃねぇッ！」

アルフォートの言葉を遮《さえぎ》って、ジョゼフが叫《さけ》んだ。ひッ、とアルフォートが小さく悲鳴を上げた。それに気付いたのだろう。ジョゼフはニヤリと笑った。

「俺は見回りをしていただけなのに、そいつらが俺の顔を切り刻んだんだ！　亜人が人間を傷つけていいはずがねぇ！　そうだろ、皆！」

「そうだ！　そうだッ！」

「そんなことをしたら秩序《ちつじょ》が保てなくなっちまう！」

ジョゼフが呼びかけると、仲間と思しき連中が声を張り上げた。アルフォートはがたがたと震えている。マズい。完全に呑まれている。

「どうするんだ！　アルフォート殿下様よッ！」

「え、エルフを厳罰に処します！」

ジョゼフが叫ぶと、アルフォートは沙汰《さた》を下した。クロノは目眩《めまい》を覚えた。人の命が懸かっている局面でアルフォートはプレッシャーから逃れるために不当な要求を呑んでしまったのだ。ここに至ってクロノはレオンハルトの真意を理解できたような気がした。アルフォートは上に立つには胆力《たんりょく》が足りないのだ。

「ベティル副軍団長！」

「……御意《ぎょい》」

ベティルは躊躇《ためら》うような素振りを見せた後で頷《うなず》いた。どうして！　とクロノは叫びそうになった。そして、唐突《とうとつ》に理解した。簡易裁判と言ったが、最初から真実を明らかにするつもりなんてなかったのだ。この状況《じょうきょう》を利用して綱紀粛正《こうきしゆくせい》を図ろうとしていただけのことだ。それもアルフォートのせいで頓挫《とんざ》した。

ベティルが静かに剣《けん》を抜き、アリデッドとデネブに歩み寄る。マズい。何とかしてアリデッドとデネブを助けなければ。必死で思考を巡らせる。だが、この状況を脱《だつ》するためのアイディアは出てこなかった。それどころか、頭の中が真っ白だ。

「エラキス侯爵《こうしやく》、そこを退きたまえ」

え？　とクロノはベティルを見つめた。何故か、ベティルが目の前に立っていた。肩越《かたご》しに背後を見ると、アリデッドとデネブがいた。分からない。どうして、自分が二人を庇《かば》うように立っているのか分からなかった。

「今なら不問に付すが……」

ベティルが目を細める。何か言わなければならない。にもかかわらず、クロノは陸に打ち上げられた魚のように口を開けたり、閉じたりすることしかできなかった。

「エラキス侯爵はエルフが気に入っているらしいぞ！」

「どんな具合なんだ？　機会があったら教えてくれよ！」

兵士達《たち》がゲラゲラと笑い、カッと全身が熱くなる。だが、それも一瞬《いっしゅん》のことだ。その一瞬で覚悟《かくご》が決まったような気がした。そうだ。自分はアリデッドとデネブのことが気に入っているのだ。命を懸ける理由はそれで十分ではないか。

「お待ち下さい！　先程《さきほど》の沙汰には納得《なっとく》できません！　アリデッドとデネブはとても優秀《ゆうしゅう》な兵士です！　それに、二人はエルフの子どもが強姦されそうになっていたから助けたと言っているじゃありませんか！」

「……ぐッ」

ベティルは呻いた。そんなことは分かっていると言いたげな表情を浮かべている。

「ベティル副軍団長！」

「退け。今ならまだ間に合う」

アルフォートがヒステリックに叫び、ベティルは切っ先を突《つ》きつけてきた。がくがくと足が震え、ぐるぐると腸が蠕動《ぜんどう》する。脱糞《だっぷん》しそうだ。覚悟を決めたばかりだというのに情

けない。これでいいアイディアが出ればいいが、頭の中は真っ白だ。

「……ぼ、僕《ぼく》は」

僕は？　僕は何だ？　何を言いたい？

「……僕は帝国を愛している」

あれ？　とクロノは思った。場が静まり返っている。恐《おそ》らく、ここにいる全員が言葉の意味を理解できなかったに違《ちが》いない。当たり前だ。クロノだって分かってないのだ。自分でも何が言いたいのか分からないまま、どれほど帝国を愛しているのか、どれほどラマル五世に深い感謝の念を抱いているのかを切々と語った。それだけではなく、泣きながら笑うという離《はな》れ業《わざ》をも披露《ひろう》した。流石《さすが》に息が続かなくなり、言葉を句切る。今度は怒りが込み上げてきた。

「僕は！　帝国を愛しているッ！　だから、だから、右目を、三百五十人の部下を犠牲《ぎせい》にして神聖アルゴ王国の侵略《しんりゃく》を食い止めた！　この中に僕ほど、いや、僕達《ぼくたち》ほど帝国のために貢献《こうけん》した者はいないはずだ！　そこの男はどうか！　殿下の前で嘘を吐き、罪を愛国者たる僕の部下に押しつける！　これが僕の愛した帝国だと言うのなら……さあ、アリデッドとデネブを殺す前に僕を殺せ！」

クロノは自分からベティルに歩み寄った。ズブッと切っ先が胸に突き刺《さ》さる。

「止めろ！　エラキス侯爵ッ！」

「いいから殺せ！　殺せないのか、この野郎《やろう》ッ！」

さらに一歩踏み出すと、ベティルは剣を引いた。

「……アルフォート殿下」

「な、なんだ？」

ベティルが視線を向けると、アルフォートは上擦《うわず》った声で答えた。

「この件は――」

「おいおい！　そりゃないだろ！　アルフォート殿下は処罰しろと言っただろうがッ！」

「言っただろうが？」

ベティルは一気に距離《きょり》を詰《つ》め、剣を一閃《いっせん》させた。次の瞬間《しゅんかん》、ジョゼフの首から血が噴《ふ》き出す。ベティルが剣を鞘《さや》に収めると、ジョゼフはその場に頽《くずお》れた。

「アルフォート殿下、申し訳ございません。後日、改めて審議《しんぎ》をする許可を頂くつもりでしたが、軍規を守るために処罰せざるを得ませんでした」

「よ、よい。許す。大義であった」

「ありがたき幸せ」

ベティルが敬礼すると、アルフォートは立ち上がり、天幕に向かった。先程までのおどおどした態度とは打って変わって堂々とした態度だ。アルフォートが天幕に消え、クロノはホッと息を吐いた。

「ベティル副軍団長、もう戻ってもよろしいでしょうか？」

「……好きにしろ」

ベティルが溜息《ためいき》を吐くように言い、クロノは踵を返した。アリデッドとデネブに歩み寄り、二人を拘束《こうそく》する縄《なわ》を解く。

「クロノ様、ありがとうみたいな！」

「クロノ様、大好きみたいな！」

「……行くよ」

クロノは小さく呟《つぶや》き、歩き出した。やや遅《おく》れてアリデッドとデネブが付いてくる。ジョゼフの仲間と思しき連中がこちらを睨《にら》み付けてくるが、相手にしない。そんなことよりもこの場から逃げるのが先だ。足早に自分の天幕に向かう。天幕に入ると、バサッという音がして中が暗くなった。アリデッドとデネブが天幕を閉めたのだろう。

「し、死ぬかと思った」

「「大丈夫みたいな？」」

クロノがその場にへたり込むと、アリデッドとデネブは隣《となり》に座り、顔を覗き込んできた。

二人の肩《かた》に腕を回して抱き寄せる。生きている、と強く実感する。

「つ、遂《つい》にあたしらの出番だし！」

「これから行軍だけど、ちょっとだけならＯＫみたいな！」

「いや、そうじゃないから」

「「あんまりだし！」」

クロノが軽く突き飛《と》ばすと、二人は尻餅《しりもち》をつき、すぐに詰め寄ってきた。改めて深い溜息を吐く。今回は何とか乗り切れたが――。

「二人とも無茶《むちゃ》しないでよ」

「それは分かってるし」

「でも、放っておけなかったみたいな」

二人はしおらしくしている。本当は叱《しか》りたくないが、こんなことが二度と起きないように釘《くぎ》を刺しておかなければならない。

「分かるよ。けど、今回みたいなことにならないように報連相はしっかりね」

「はい、肝《きも》に銘《めい》じますみたいな」

「クロノ様に怪我をさせて申し訳ないし」

「怪我？」

クロノは首を傾《かし》げ、胸元に触《ふ》れた。ぬるりとした感触が伝わってきた。嫌《いや》な予感を覚えながら手を見る。手が血でべっとりと濡《ぬ》れていた。

「な、なんじゃ！　こりゃッ！」

思わず叫ぶ。いきなり叫んだせいか、それとも出血のせいか、気分が悪い。体を起こしていられなくなって横になる。

「クロノ様が倒《たお》れたし！　こ、こ、こんな時は――」

「圧迫《あっぱく》止血みたいな！」

「それだし！」

アリデッドとデネブはポーチから布を取り出し、クロノの胸に押し当《あ》てた。瞬《また》く間《ま》に布が血で染まっていく。その様子を見ていたら横になっているのに目眩がした。自分がこんな有様なのに二人は少し嬉《うれ》しそうだ。

「なんで、二人とも笑ってるの？」

「庇ってもらえて嬉しかったみたいな」

「クロノ様の格好《かっこ》いい所が見られたし」

そうですか、とクロノは小さく溜息を吐いた。今回の件で軍団の危うさがよく理解できた。軍団長であるアルフォートは軍団を率いる力がない。さらに一般《いっぱん》兵は士気も、規範《きはん》も低い。恐怖《きょうふ》で縛らなければ寄せ集めの軍はあっという間に瓦解《がかい》するだろう。

「えへへ、クロノ様」

アリデッドとデネブは子どものように笑い、クロノに擦《す》り寄った。

「これから行軍だよ？」

「ちょっと、甘《あま》えたい気分なだけだし」

「耳を撫《な》で撫でして欲しいし」

尖《とが》った耳を撫でると、アリデッドはくすぐったそうに笑い、デネブは瞳《ひとみ》を潤《うる》ませた。

「あたしらがクロノ様を守ってあげるし」

そう言って、彼女達《かのじょたち》は笑った。

第四章　『烈火』

行軍二日目夕方——帝国軍《ていこく》は予定よりも大幅《おおはば》に遅れて東西街道《かいどう》に到達《とうたつ》した。簡易裁判とその後始末に時間が掛《か》かったこともあるが、それ以上に士気の低下が深刻だった。近衛騎士団は依然《いぜん》として高い士気を保っている。これは彼《かれ》らがエリート集団だからだ。残念ながら一般兵は違う。せめて、これが自分の任地を守るための戦いならば、まだしも士気を保つことができただろう。

しかし、今回の戦いはそうではない。事情をよく理解できないまま呼び出され、近衛騎士団に顎《あご》で使われる。さらに任地ではなあなあで済んだことが厳罰を以《もっ》て処される。そんな状況に士気——やる気を失ったのだ。特に士気の低下が著《いちじる》しかったのはジョゼフが所属していた大隊だった。他所《よそ》の大隊長は部下を守るために白刃《はくじん》に身を曝したのに自分達の上官は部下を見殺しにした。そう考えたのである。

※

クロノは街道に立ち、視線を巡らせた。神聖アルゴ王国と自由都市国家群を結ぶ街道は荒野《こうや》を貫《つらぬ》くように延びている。爪先《つまさき》で地面を蹴《け》ると、表面がわずかに削《けず》れた。地面を押し固めたようにしか見えない街道は国防の観点から見れば正しいのだろう。石畳《いしだたみ》で覆われた地面を作ったら敵国に利用されてしまうのだから。

「……街道封鎖《かいどうふうさ》」

クロノは口の中で呟いた。何となく口にした言葉だが、悪くないアイディアのように思えた。内陸にある神聖アルゴ王国は塩を輸入に頼っているはずだ。もちろん、流通ルートが一つとは限らないし、国内に岩塩の鉱脈や塩湖が存在する可能性はある。それでも、街道を封鎖《ふうさ》すれば国内のバランスに影響《えいきょう》を与《あた》えられるのではないだろうか。そんなことを考え、ふと違和感《いわかん》を覚えた。街道を封鎖すれば、いや、街道を封鎖する必要はない。ここを利用する商人が簡単に行き来できないようにすればいいのだ。今まではそれができなかったが、今はできるはずだ。だったら、どうして――。

「――クロノ殿」

「――ッ！」

タウルに呼びかけられ、クロノは我に返った。いけない。どうやら自分の考えに没頭《ぼっとう》してしまったようだ。糧秣《りょうまつ》を引き渡《わた》している最中なのにひどい失態だ。

「すみません。ちょっと考え事をしていて……」

「構いませんぞ。これで糧秣は全《すべ》てか確認《かくにん》したかっただけですからな」

「ああ、はい、これで全部です」

タウルは荷車三十四台分の糧秣を見つめ、ぴたりと動きを止めた。視線の先には不機嫌《ふきげん》そうな表情の青年——ガウルがいた。ガウルが顔を背《そむ》け、タウルは苦笑《くしょう》した。

「息子《むすこ》さん、でしたね」

「ええ、あれがもう少しまともになってくれれば安心して隠居《いんきょ》できるのですが……」

「隠居だなんて、まだまだお若いじゃないですか」

「はは、そう言ってもらえると少しだけ頑張ろうという気になりますな」

タウルは朗《ほが》らかに笑い、小さく溜息を吐《つ》いた。

「最近は年齢《ねんれい》を実感することが多くなりましてな。体力は、まあ、若いもんには負けないと自負しておりますが、気力だけはどうにもなりませんな」

「気力ですか？」

クロノは鸚鵡《おうむ》返《がえ》しに呟いた。タウルは温厚《おんこう》な人だ。そんな人に気力の話をされてもピンとこない。これが養父ならば一大事だと思うのだが——。それに気付いたのだろう、タウルは苦笑じみた表情を浮かべた。

「恐らく、儂《わし》の戦う時期は終わったのでしょうな。これからは次の世代に頑張って欲しいと思っておるのですが、どうにも息子には伝わっておらんようで……」

「タウル殿の気持ちは伝わりますよ、絶対に」

クロノは力を込めて言った。血の繋《つな》がらない自分と養父でさえ分かり合えたのだ。血の繋がっている親子ならば分かり合えるはずだ。そうでなければ悲しすぎる。

「クロノ殿にそう言ってもらえると、気分が楽になりますな。では――」

「すみません。最後に一つだけ」

「何ですかな？」

「指揮官にとって大切なものとは何でしょう？」

「難しい、質問ですな」

タウルは思案するように腕《うで》を組んだ。

「タウル殿でもですか？」

「儂が今まで有能と感じた指揮官はあまり共通点がありませんからな」

正直、意外だった。タウルならすぐに答えられると思っていたのだ。

「ですが、儂が見る限り、クロノ殿は指揮官として十分な素養を備えておられる。精進《しょうじん》を重ねれば必ずやクロード殿のようになれましょう」

タウルはクロノの肩に優《やさ》しく触れた。笑みを浮かべる。愛嬌《あいきょう》のある笑みだ。

「では、クロノ殿の武運を祈《いの》っておりますぞ」

「タウル殿も」

タウルが敬礼し、クロノは慌てて返礼した。敬礼は格下が先にするものだからだ。しばらくしてタウルは敬礼を解き、踵を返した。ゆっくりと荷車が動き出し——。

「無事、糧秣の引き渡しが済みやしたね」

「もう少し余韻《よいん》に浸《ひた》りたかったです」

「そいつは申し訳ありやせん」

クロノが呟くと、ミノは頭を掻いた。

「少し見回ってこようかな」

「お供しやす」

クロノはミノを伴《ともな》い街道を歩く。九千五百人余りの兵士が休憩《きゅうけい》を取っている。部下と一緒にいる時は心が安らぐのだが、今は恐怖と不安が入り交じったような気分だ。部下と呼べる兵士の方が少ないからだろう。そんなことを考えながら歩いていると、アリデッドとデネブの姿が目に留《と》まった。他の大隊のエルフと話し込んでいるようだ。少しだけ歩調を落とす。盗《ぬす》み聞《ぎ》きするつもりはない。偶々《たまたま》、聞こえてしまっただけだ。

「エラキス侯爵領では一日に三回も食事ができるみたいな」

「装備も充実《じゅうじつ》、怪我《けが》をしたり、病気になったりした時は病院にも行けるし」

アリデッドとデネブはドヤ顔で話しているが、エルフ達の反応は芳《かんば》しくない。何処《どこ》まで信じていいのか迷っているように見える。不意にアリデッドとデネブの耳が動いた。

「「クロノ様！」」

二人は立ち上がり、クロノの腕に自身のそれを絡《から》めてきた。エルフ達が息を呑《の》む。叱責《しっせき》されるか、もっとひどい目に遭《あ》わされると思ったのだろう。

「こんなことしてもクロノ様は怒《おこ》らないし！」

「体を張って、あたしらを守ってくれたし！」

ははは、とクロノは力なく笑った。

「二人ともあれから嫌がらせとか受けてない？」

「むふふ、クロノ様の言葉に愛を感じるし」

「天幕に呼ばれる予感がひしひしとするし」

「で、どうなの？」

「嫌がらせの類は受けてないし」

「そもそも離《はな》れた場所にいるから嫌がらせのしようがないし」

よかった、とクロノはホッと息を吐いた。もちろん、気を緩《ゆる》めるつもりはない。ああいう連中は報復をしてくると決まっているのだ。

「何かあったら言ってね」

「もちろんだし！」

「報連相は大事みたいな！」

クロノは腕を引き抜《ぬ》き、視線を巡らせた。ミノタウロスの集団——その中に手足を投げ出して寝転《ねころ》がっている者がいることに気付く。ホルスだ。彼の下に向かう。

「調子はどう？」

「街道は移動が楽だけんど、喉《のど》が渇《かわ》いて仕方がねぇだ」

中腰《ちゅうごし》になって話し掛けると、ホルスは気怠《けだる》そうに言った。脱水症状《だっすいしょうじょう》だろうか。

「ホルス達は荷車を引いてるからね。分かった。優先して水を支給するようにするよ」

「頼《たの》むだよ」

クロノは苦笑して歩き出す。すると、ミノが声を掛けてきた。

「よくホルスが分かりやしたね？」

「最近、ようやく見分けが付くようになってきたよ」

よく見ると容姿や挙動に特徴《とくちょう》がある。取り分け、ホルスは分かりやすい。

「でも、安心したよ」

「何に安心したんで？」

「会議の時に気絶したり、病院に行ってたりしたからさ」

「もうちょい気合いを入れてくれりゃあっしも楽なんですがね」

ミノが溜息交じりに言い、クロノはレオの下に向かう。皆《みな》が座って休憩を取っているにもかかわらず立って周囲を警戒《けいかい》していた。

「レオ、お疲《つか》れ様《さま》」

「勝手にやっていることだ。労《ねぎら》う必要はない。それよりホルスに声を掛けたらどうだ？」

「もう声を掛けてきたよ。ぐったりしてたけど、精神的には持ち直したみたい」

「そうか。それはよかった」

レオはホッと息を吐いた。なんだかんだとホルスを心配していたようだ。

「そんなに心配なら声くらい掛けてやればいいじゃねぇか」

「あいつはすぐに調子に乗るからな。厳しいくらいで丁度いい」

ミノが呆《あき》れたような口調で言うと、レオは溜息交じりに答えた。

「そういえばリザドの調子はどうだ？」

「これから会いに行く所だけど、何かあったの？」

「リザドというよりもリザードマン達だな。どうも連中は調子が悪いようだ」

「分かった。今すぐ様子を見に行ってみるよ」

「ああ、よろしく頼む」

クロノはレオと別れ、リザードマン——リザドの下に向かう。

「リザド、調子はどう？」

「………寒い」

クロノが問《と》い掛けると、リザドは間を置いて答えた。いつもより返事をするまでの間隔《かんかく》が長い。レオの言った通り、調子が悪いようだ。原因は寒さなのだろうが——。

「あっしは寒いって感じはしやせんが？」

「僕も——ッ！」

クロノは口を噤《つぐ》んだ。風が吹《ふ》き寄せてきたのだ。そこで、ある仮説を思い付いた。神聖アルゴ王国には湿地《しっち》が多い。風が湿地の上を吹き抜ける際に熱を奪《うば》われているのではないだろうか。となれば話は簡単だ。体を温めてやればいい。

だが、どうやって体を温めるのか。ふと懐石《かいせき》料理の由来を思い出す。懐石とは禅僧《ぜんそう》が空腹を紛《まぎ》らわすために懐《ふところ》に温めた石を入れたことに由来するらしい。つまり——。

「火で熱した石を布で包んで、それで暖を取ろう」

「……」

こくん、とリザドは頷いた。

「じゃあ、夕食の準備をする時に適当な大きさの石を探そう」

「……承知」

リザードマンが寒さに弱いと気付いてたのに、とクロノは頭を掻《か》きながらクレイの下に向かう。クレイは青い顔をしていた。

「大丈夫《だいじょうぶ》？」

「普段《ふだん》から運動をしておくべきでした」

「申し訳ないんだけど、部下の調子はどう？」

「クロノ様の部下は健康そのものですが、他の大隊では体調を崩《くず》す者が出ています。治療《ちりょう》を施《ほどこ》してもよろしいでしょうか？」

「……」

クロノは咄嗟《とっさ》に答えられなかった。本音を言えば部下の治療に専念して欲しいが――。

「分かった。クレイに任せる」

「ありがとうございます」

「いいんだよ。怪我や病気を治すことが医者の仕事だからね」

クロノはクレイの肩に優しく触れ、歩き出した。

「いいんですかい？」

「クレイには気分よく働いて欲しいからね。それに、兵士に恩を売るのもありかなって」

「すぐに忘れちまうと思いやすぜ」

「この戦いが終わるまで保ってくれればいいよ」

何にせよ、敵だらけの戦場で孤立《こりつ》することだけは避《さ》けたかった。

※

行軍三日目――クロノはミノと共に丘《おか》の上から周囲を見渡《みわた》した。丘陵《きゅうりょう》地帯だけあって緩やかに波を打つような地形だ。この先は隘路《あいろ》なので、ここで神聖アルゴ王国と一戦交えることにしたのだろう。だが、神聖アルゴ王国が乗ってくるだろうか。この先の隘路に簡易的な砦《とりで》を築くか、それができなければ有利な位置を占有《せんゆう》するだけで優位に戦える。神聖アルゴ王国には丘陵地帯で戦う理由がないのだ。
まあ、僕が考えることじゃないか、とクロノは丘を見下ろした。丘の裾野《すその》には第十二近衛騎士団と四個大隊が、中腹には三個大隊が布陣《ふじん》を終えている。そして、と丘の頂に視線を向ける。そこには本陣《ほんじん》――アルフォートとその護衛である第一近衛騎士団がいる。どの隊も歩兵が中央を、弓兵が左右を固め、攻撃《こうげき》の要である騎兵《きへい》は後方で待機している。確か兵数の内訳は騎兵が八百、歩兵六千、弓兵が二千二百くらいだったはずだ。

ちなみに補給隊――クロノの隊は本陣の裏手で糧秣の警備だ。レオンハルトは予備兵力として期待していると言ったが、リップサービスに違いない。もちろん、不満はない。このまま最後まで予備兵力としての立場を貫きたい。

「大将、あっしらはどうしやす？」

「特に今はやることがないんだけど……柵《さく》でも作っておこうか」

「また、柵ですかい」

「柵は大事だよ。周りに立てておけば騎兵を防げるし」

「そりゃ、分かってまさ」

「本当は落とし穴なんかも作りたいんだけどね」

「大将は本当に罠《わな》が好きですねぃ」

「真面目《まじめ》に考えた結果、罠を作るって結論になるだけで別に好きって訳じゃないよ」

「あっしとしちゃありがたいことですが、大将の評価が下がっちまいやすぜ」

「もう底を打ってるから大丈夫《だいじょうぶ》だよ」

クロノは苦笑した。

「大将は、軍学校でもそんな調子だったんですかい？」

「まあ、大体ね。補講担当の先生は面白《おもしろ》いアイディアだって誉《ほ》めてくれたよ」

「その先生も新貴族で？」

「先生は旧貴族だよ。内乱で脚《あし》に重傷を負って軍学校の先生になったって言ってたし」

「貴族も色々いやすね」

ぶふー、とミノは鼻から息を吐いた。

※

「どうだ！　イグニス将軍ッ！　これならばケフェウス帝国の侵略者《しんりやくしや》どもに負けまい！」

神祇官《しんぎかん》は誇《ほこ》らしげに胸を張り、馬上から兵士達を見下ろした。最前列に弓兵七百、中央に歩兵五千、最後尾《さいこうび》に騎兵千百——総勢六千八百の軍勢だ。これが正規兵であれば神祇官のように胸を張ることはできなくてもそれなりに戦えると思えたに違いない。

しかし、主力である歩兵五千——その半数は近隣《きんりん》の村々から集められた農民だ。それも無理矢理《むりやり》集められた。そのため彼らの士気は低い。マルカブから帝国軍が布陣している丘陵地帯まで通常ならば二日で着く。にもかかわらず、まだ着いていない。糧秣を浪費《ろうひ》していることも問題だが、それ以上に神祇官が士気の低さに気付いていないことが問題だ。

「勝つには国境砦との連携《れんけい》が必要になりますが、伝令は？」

「出しているに決まっている」

神祇官はムッとしたように言った。

「心配しなくても彼ならば我々に合わせて動いてくれる」

「そう、私も祈っております」

グッ、と神祇官は不愉快《ふゆかい》そうに呻いた。斥候《せっこう》によれば帝国軍は背面からの襲撃《しゅうげき》を警戒している様子がないらしい。さらに軍団の規模が縮小しているとも言っていた。街道はすでに封鎖され、援軍《えんぐん》は見込めないと考えるべきだ。自分が指揮官であれば、と思う。そうすれば隘路に布陣することも、マルカブの街に籠城《ろうじょう》して部下の到着《とうちゃく》を待つこともできた。

いや、とイグニスは頭を振《ふ》った。ないものねだりをしても仕方がない。今あるもの、今の権限を最大限に利用して被害《ひがい》を抑《おさ》えるしかないのだ。

※

行軍四日目——クロノはミノと丘の上に立っていた。視線の先には黒い布のようなものがある。もちろん、黒い布ではない。神聖アルゴ王国軍だ。

神聖アルゴ王国軍はゆっくりと、だが、確実に近づいてくる。やがて、その全容が明らかになる。五千、いや、もっと多いか。まだ十分な距離がある。にもかかわらず、敵兵が地面を踏《ふ》み締《し》める音や荒《あら》い息遣《いきづか》いが聞こえるような気がした。怖《こわ》い。足が情けないほど震《ふる》えている。お腹《なか》の調子もよくない。

「クロノ殿《どの》、武者震《むしゃぶる》いかね？」

「大将、漏《も》らすのだけは勘弁《かんべん》ですぜ」

いつの間にかやって来たレオンハルトとミノの声が重なる。二人は示し合わせていたとしか思えないタイミングで顔を見合わせ、気まずそうに顔を背けた。

「クロノ殿は初陣《ういじん》ではないと聞いたが、その、初陣の時に漏らしたのかね？」

「あの時は漏らしてなかったと思いやす。まあ、確かめた訳じゃありやせんが……」

「初陣で漏らすことは珍《めずら》しくないと聞くがね」

「レオンハルト殿はどうでした？」

「もちろん、私は漏らしていないとも」

クロノが尋《たず》ねると、レオンハルトはきっぱりとした口調で言った。

「大丈夫でしょうか？」

「なに、心配する必要はないよ。ベティル副軍団長は有能な指揮官だからね」

レオンハルトは丘の裾野――最前列中央にいる第十二近衛騎士団《きしだん》を見つめた。

「では、私は殿下をお守りせねばならないので失礼するよ」

そう言って、レオンハルトは本陣に戻《もど》っていった。

「どうなると思う？」

「最初は矢の応酬《おうしゅう》になりやす。その後については何とも言えやせんが、最終的に陣形《じんけい》を崩された方が負けでさ。レオンハルト様の言う通り、ベティル副軍団長が有能ならいきなり総崩《そうくず》れにゃならないと思いやすぜ」

なるほど、とクロノは睨み合《あ》う両軍を見つめた。神聖アルゴ王国は大きな方陣《ほうじん》、こちらは小さな方陣を積み重ねた三角形だ。

「始まりやすぜ」

ミノが呟くと、矢の応酬が始まった。矢が交互《こうご》に降り注ぐ。矢を放った後、盾《たて》の陰《かげ》に隠《かく》れるからだ。どちらが優勢なのか。それはすぐに明らかになった。神聖アルゴ王国軍の放つ矢が目に見えて減ったのだ。弓兵の技量によるものか。いや、これは数の差だ。こちらの弓兵は神聖アルゴ王国の三倍以上いるのだ。それが結果となって表れたのだ。

「ミノさん、通信用マジックアイテムは持ってきてるよね？」

「もちろん、持ってきてますぜ」

そんな遣《や》り取《と》りをしている間にも神聖アルゴ王国軍の弓兵は数を減らしていき、やがて帝国軍の矢が一方的に降り注ぐようになった。敵歩兵は盾の陰に身を隠しているが、それも長くは保たなかった。ある者は盾が爆《は》ぜるように割れた所を、ある者は逃《に》げ出《だ》そうとした所を矢に貫かれた。それでも、総崩れにはなっていない。

「この分だと、あっしらの出番はありやせんね」

「そうだといいんだけど、嫌な予感する。どうして、神威術士《しんいじゅつし》が出てこないんだろう？」

「そりゃ、出し惜《お》しんでいるんじゃありやせんか？」

「この状況で？」

「切り札の投入を躊躇って、使い時を逸《いっ》することはまずありやすぜ」

「そうなんだ」

ミノに言われると、そうかなという気になる。だが、不安を完全に払拭《ふっしょく》することはできない。神聖アルゴ王国軍が動いたのはそんな時だ。一騎の騎兵が駆《か》け出し、千近い騎兵がその後に続く。帝国軍の弓兵は標的を切《き》り替《か》えたが、敵騎兵は矢の雨の中を平然と駆け抜けた。連携が上手くいかず、矢の密度が薄《うす》くなってしまったのだ。

真紅《しんく》にして破壊《はかい》を司《つかさど》る戦神《せんしん》の神威術だ。赤い光は突撃槍だけではなく、敵騎兵の全身を包んでいた。帝国軍歩兵が突進《とつしん》を阻《はば》もうと槍を構える。敵騎兵は一条《いちじょう》の光と化して槍衾《やりぶすま》に突っ込んだ。

鎧袖一触《がいしゅういっしょく》──敵騎兵は歩兵を蹴散《けち》らし、その背後に控《ひか》えていた騎兵に突っ込んだ。帝国軍の騎兵は迎《むか》え撃《う》とうとするが、敵騎兵は突撃槍を投げ捨て剣《けん》を抜いた。そして、左腕《ひだりうで》のみで剣を振るう。そのたびに腕が、首が宙を舞《ま》い、胴体《どうたい》が地面に落ちた。

「大将、ありゃ……」

「イグニス将軍だね」

ここからではよく見えないが、あれはイグニスに違いない。突然《とつぜん》、最前列の陣形が乱れた。イグニスが生み出した間隙《かんげき》に敵騎兵隊《きへいたい》が突っ込んだのだ。さらに敵の第三波が襲《おそ》いかかる。怒号《どごう》と悲鳴が渦巻《うずま》く。総崩れだ。その気になれば敵騎兵を押《お》し潰《つぶ》せるにもかかわらず、蹂躙《じゅうりん》を許してしまっている。もはや陣形を立て直すことはできないだろう。イグニスが再び馬を走らせる。目的は帝国軍本陣だ。迎え撃たなければと考えた次の瞬間──。

「クロノ殿！　あとを頼むッ！」

レオンハルトが愛馬を駆り、斜面《しゃめん》を駆け下《お》りた。

「あとを頼むって、僕にどうしろと」

「あっしに聞かれても困りやすぜ」

クロノ達《たち》が戸惑《とまど》っている間にもレオンハルトは斜面を下り続けている。神威術の――白い光を纏《まと》ってだ。威嚇《いかく》、いや、示威《じい》だろうか。神威術士がここにいると示し、選択《せんたく》を迫《せま》っているのだ。イグニスは馬首を巡《めぐ》らせ、撤退《てったい》を開始した。それに合わせて敵騎兵も動く。だが、それが帝国軍の騎兵を勢いづかせた。歩兵を押し退《の》けて追撃《ついげき》する。

ベティルは部下を押し止《とど》めようとしていた。丘の上からだとその理由がよく分かる。敵騎兵は一塊《ひとかたまり》に、帝国軍騎兵は一列になっていた。そうなるように誘導《ゆうどう》されたのだ。敵騎兵が馬首を巡らせて反転し、斜面を駆け下りる。それも蛇行《だこう》しながら。蛇行――言い得て妙《みょう》だが、敵騎兵は大蛇《だいじゃ》のように帝国軍騎兵を呑み込んだ。

『クロノ様！』

不意に通信用マジックアイテムから声が響《ひび》いた。アリデッドとデネブの声だ。理由はすぐに分かった。敵騎兵が本陣に迫っていた。丘の陰に隠れて接近していたのだろう。五十騎《き》にも満たないが、本陣を突破《とっぱ》してアルフォートを殺せる可能性はある。

「ミノさん！」

「分かってやすッ！」

クロノ達は部下と合流するために走った。ど派手な音が響く。敵騎兵と第一近衛騎士団が激突《げきとつ》したのだ。弓兵が吹き飛ばされ、歩兵がカバーに入る。その光景に違和感を覚えるが、今は部下と合流する方が先だ。

クロノは部下と合流して安否を確認する。皆、無事だ。敵騎兵は第一近衛騎士団と乱戦状態、糧秣をどうにかする余裕《よゆう》はない。アリデッドとデネブの耳がぴくっと動いた。反射的に周囲を見回し、息を呑む。敵騎兵の第二波が本陣に迫っていたからだ。

五十騎程度だが、第一近衛騎士団は指揮官がいない上、乱戦状態にある。帝国軍の最精鋭とはいえ、これではアルフォートを守り切れない。やられた。神聖アルゴ王国軍の策にまんまと嵌《は》まってしまった。

「ミノさん、ホルス、リザドは女達を守れ！　アリデッド、デネブは援護《えんご》！　レオは杭《くい》を持って付いてこいッ！」

了解《りょうかい》！　とミノ達が叫《さけ》び、クロノは杭を担《かつ》いで駆け出した。柵を作った時の余りだ。地面に突《つ》き刺《さ》すために先端《せんたん》が尖っている。長さも十分ある。これなら槍の代用にはなるはずだ。クロノは百人の獣人《じゅうじん》と共に本陣と敵騎兵の間に割って入る。

「よ、横に並べぇぇぇッ！」

クロノが声を張り上げると、部下達は一列に並んだ。

「大丈夫！　騎兵は縄一本で倒せるくらい弱いッ！」

クロノは叫んだ。部下ではなく、自分を鼓舞《こぶ》するための叫びだ。

「しゃがめぇぇぇッ！」

クロノはその場で片膝《かたひざ》を突いた。ドドドドドッ！　と地響《じひび》きを立てながら敵騎兵が近づいてくる。筋肉の塊《かたまり》のような軍馬が迫る光景は恐怖を煽《あお》る。恐怖で手が震える。

「クロノ様、落ち着け」

声が聞こえた。ハッとして隣を見る。すると、レオと目が合った。

「大丈夫だ。俺《おれ》が守る」

「ありがとう、レオ」

クロノは礼を言い、敵騎兵を睨み付《つ》けた。敵騎兵はスピードを緩めない。

「構えぇぇぇぇッ！」

クロノは杭を構えた。次の瞬間《しゅんかん》、衝撃《しょうげき》が全身を貫いた。大きな衝撃が一回、小さな衝撃が一回だ。大きな衝撃は敵騎兵と激突した際に生じたものだ。小さな衝撃は何によって生じたものか分からない。情けないことに目を閉じてしまったからだ。小さな衝撃の後にやってきた風切り音の正体も分からない。恐《おそ》る恐る目を開けると、敵騎兵が杭に貫かれていた。敵騎兵が馬首を巡らせて撤退を開始する。ホッと息を吐き、レオを見る。

「すごい衝撃だったね、レオ」

レオは答えない。彼は仰向《あおむ》けになって空を見ている。

「流石《さすが》、レオだよ。お陰で助かった。これからも……」

「……クロノ様」

おずおずと虎《とら》の獣人──タイガが声を掛けてきた。

「これからも僕《ぼく》を守ってよ。まあ、自分で身を守れるように頑張《がんば》るけど、それまではってことで。そうだ。今度、剣の稽古《けいこ》を付けてくれないかな。できれば手加減──」

「クロノ様、もう──」

「分かってるよ！」

クロノはタイガに向かって叫んだ。分かってる。分かってるのだ。レオに話《はな》し掛けても無駄《むだ》なんてことは分かっている。レオは──死んでいた。頭が半分なくなっている。その半分はあちこちに飛び散っている。クロノを庇《かば》って敵騎兵の攻撃をまともに喰《く》らったせいだ。あちこちに飛び散った肉片《にくへん》を掻き集《あつ》めれば治せるのではないかという妄想《もうそう》が脳裏《のうり》を過《よぎ》る。そう、妄想だ。そんなことをしてもレオは生き返らない。

すとんと何かが落ちたような気がした。遂に漏らしてしまったかと思ったが、そうではなかった。クロノはゆっくりと立ち上がり、敵騎兵を見た。失敗した作戦に未練があるのだろう。そんなに離れていない。まだ殺せる距離《きょり》だ。

「アリデッド！　デネブッ！　そいつらを逃がすなッ！」

「「了解！」」

クロノが叫ぶと、アリデッドとデネブに率いられた弓兵が矢を放った。機工弓《きこうきゅう》によって放たれた矢は弾幕《だんまく》に等しい。ある者は馬と共に矢に貫かれ、ある者は馬上で絶命し、ある者は馬から投げ出された。無事に逃げ果《おお》せた者もいる。

クロノは斜面を駆け下《お》り、落馬した敵騎兵に襲い掛かった。敵騎兵は剣を抜き、横薙《よこな》ぎの一撃《いちげき》を放つ。クロノは刃《やいば》を潜《くぐ》り抜け、振り向《む》き様に剣を振り上《あ》げる。敵騎兵の腕が宙を舞い、クロノは腰《こし》だめに剣を構えて突進した。敵騎兵は突きを躱《かわ》したが、体当たりまで躱すことはできなかった。もつれ合うように斜面を転がり落ち、衝撃が側頭部を襲う。敵騎兵が肘《ひじ》でクロノのこめかみを殴打《おうだ》したのだ。

意識が途《と》切《ぎ》れ、気が付くと敵騎兵が馬乗りになっていた。手に何かが触れる。確認する暇《ひま》はなかった。敵騎兵が拳《こぶし》を振り上げ、クロノはそれ——握《にぎ》り拳大の石を叩《たた》き付けた。兜《かぶと》が大きく歪《ゆが》むが、敵騎兵は動かない。再び石を叩き付けると、敵騎兵の体が傾《かし》いだ。クロノは敵騎兵を引《ひ》き摺《ず》り倒し、今度は自分が馬乗りになった。そして、石を叩き付ける。何度も叩き付ける。途中《とちゅう》、敵騎兵は止めろというように手の平を向けてきたが、構わずに叩き付けた。敵騎兵が動かなくなった頃《ころ》、クロノは石を投げ捨てた。石は汚《よご》れ、ぼこぼこになった敵騎兵の兜の隙間《すきま》から血が流れている。息を吐き、立ち上がる。こめかみを殴打されたせいだろう。頭が痛い。クロノは頭痛と疲労《ひろう》感に苛《さいな》まれながら斜面を登った。

※

夕方――クロノはレオの墓を見つめた。木の杭を立てただけの粗末《そまつ》な墓だ。

「大将、夜は冷えますぜ」

「もう少しここにいたいんだよ。戦闘《せんとう》もないしね」

現在、戦闘は行われていない。夜目が利《き》かない人間にとって野戦は危険を伴う。そのため夜間は戦闘を行わないことが不文律になっているのだ。

「じゃ、あたしらが温めて上げるし」

「慰《なぐさ》めるのも吝《やぶさ》かじゃないみたいな」

「ありがとう」

アリデッドとデネブに抱《だ》きつかれ、クロノは苦笑した。敵《かな》わないと思う。レオとの付き合いは二人の方が長かった。自分達だって悲しいだろう。それなのに元気づけてくれているのだ。彼女達《かのじょたち》の気持ちは本当に尊いと思う。

「……たかだか、亜人《あじん》が死んだくらいで何を落ち込んでいるんだか」

「――ッ！」

振り返《かえ》ると、男が立っていた。戦闘で負傷したのだろう。布で腕を吊《つ》っている。服装から大隊長だと分かる。

「亜人を埋《う》めている暇があるんなら――」

男の言葉は最後まで聞こえなかった。頭が真っ白になり、気が付くとクロノはミノによって地面に組《く》み敷《し》かれていた。獣の、唸《うな》り声《ごえ》のようなものが聞こえる。それはクロノから発せられていた。

「放せ！」

「大将！　堪《こら》えて下せぇ！」

「そいつは……レオの命を、僕の誇りを汚したッ！　殺してやるッ！」

腕を捻《ひね》られたまま立ち上がろうとする。ギ、ギィという音が響いた。次の瞬間、ゴギンッという音がした。肩《かた》の骨が外れたのだ。激痛が脳髄《のうずい》を直撃《ちょくげき》するが、それがどうしたというのか。この、烈火のような怒《いか》りの前には激痛なんて何の意味も持たない。

「大将！　レオはそんなことを望んじゃいやせんッ！」

「そうだし！　クロノ様に決闘《けっとう》されたら困るしッ！」

「クロノ様がいなくなったら、どうしていいか分からないしッ！」

ミノが叫び、アリデッドとデネブが後に続く。その言葉に冷静さが戻る。怒りはまだある。消しようがない。だが、クロノは指揮官なのだ。部下を守らなければならない。唇《くちびる》を噛《か》み締め、顔を伏《ふ》せる。

「……失《う》せろ。次は殺す」

何とか言葉を絞《しぼ》り出す。しばらくして顔を上げると、男の姿はなかった。

「ミノさん、もう大丈夫」

ミノが手を離し、クロノは体を起こした。胡坐《あぐら》を組み、右目の傷を撫《な》でた。

「父さんが言ってたんだけど、指揮官は辛《つら》い時ほど笑わなきゃいけないんだって」

「……そりゃ、随分《ずいぶん》な親父《おやじ》さんで」

「そうだね。でも、事実だ」

クロノは脱臼《だっきゅう》した肩を庇いながら立ち上がった。

「指揮官に泣いている暇はないんだから」

今は泣けないんだ、とクロノは自分に言い聞かせた。

第五章『夜襲』

クロノは肩を押さえながら本陣の後方に設けられた野戦病院内を歩く。そこは濃密《のうみつ》な血の臭《にお》いと耳を覆《おお》いたくなるような声に満ちていた。

負傷兵は地面に敷いた布の上に寝《ね》かされている。腕を失った者、足を失った者、腹を大きく切り裂《さ》かれて泣《な》き叫ぶ者、同じように腹を裂かれながら黙《だま》って虚空《こくう》を睨《にら》む者、死を乞《こ》う者——野戦病院の空気は絶望に染まっている。クレイは絶望に抗《あらが》うように治療を続けていた。彼《かれ》だけではない。医者も、看護師も懸命《けんめい》に負傷兵を救おうとしている。

クロノは黙って野戦病院を後にした。肩がちゃんと嵌まっているか確認したかったが、限られたリソースを自分のために使わせるべきではないと考えたのだ。野戦病院を出ると、ミノが駆け寄《よ》ってきた。

「大将、肩は嵌まってやしたか？」

「忙《いそが》しそうで言い出せなかった。変な音がするけど、大丈夫だと思う」

「大将がそれでいいってんならあっしは何も言いやせん」

クロノは足下《あしもと》に注意しながら丘を登る。

「大将、あっしらの天幕はそっちじゃありやせんぜ」

「軍議があるからこっちでいいんだよ」

「今回の一件でようやく認められたってぇことですかい？」

「単に余裕がないだけじゃないかな」

今回の戦闘における戦死者は騎兵百、歩兵三百、弓兵百。重傷者を含《ふく》めると一個大隊に匹敵《ひってき》する損害を被《こうむ》ったことになる。その殆《ほとん》どが敵騎兵によるものだ。

「それじゃ、あっしはクロノ様の代わりにみんなの様子を見てきやす」

「待って、待って！　ミノさんは僕の副官なんだから一緒《いっしょ》にいてくれないと困るよ！」

ミノが丘を下り始め、クロノは慌《あわ》てて回り込んだ。

「大将、あっしは亜人《あじん》ですぜ」

「僕は異世界人だよ」

「冗談《じょうだん》は落ち込んでるヤツに言って下せぇ」

「………………はい」

クロノは間を置いて頷《うなず》き、軍議に帯同してくれるよう説得を開始した。

最初は渋《しぶ》っていたが、最終的にミノは折れた。

「軍議では夜襲を提案するつもりなんだけど、大丈夫だと思う？」

「そりゃ、こっちにゃ亜人が揃《そろ》ってるんでやれと言われりゃやりますぜ。けど、夜襲なんてしたら卑怯者《ひきょうもの》呼ばわりされちまいやすぜ」

「それは仕方がないよ」

「大将はつくづく貴族らしくありやせんね」

「少しでも犠牲《ぎせい》を減らすために知恵《ちえ》を絞って、それで貴族らしくないとか、卑怯者と呼ばれるんなら、もう受《う》け容《い》れるしかないよ」

「大将に覚悟《かくご》があるんなら、あっしは付いていくだけですぜ」

「じゃ、まずは軍議に付いてきて下さい」

「………へい、分かりやした」

ミノはかなり間を置いて答えた。クロノ達は丘を登り、軍議を行う天幕に向かった。

天幕を開けると、ベティルは不愉快そうに顔を顰《しか》めた。

「何故《なぜ》、亜人が軍議に来ているのかね？」

「彼は僕の副官です。それに、亜人が軍議に参加してはならないという規則はありません」

ベティルは小さく溜息《ためいき》を吐《つ》いた。ひょっとして呆れているのだろうか。

「まあ、いい。入りたまえ」

「ありがとうございます」

クロノは敬礼して天幕に入った。中にはテーブルがあり、それをベティル、レオンハルト、レオの墓で暴言を吐いた男を含めた三人の大隊長が囲んでいる。五人の後ろには副官が立っている。男ばかりでむさ苦しいが、一人だけ女性がいる。第十二近衛騎士団の団員セシリーだ。不審《ふしん》に思いながらベティルの対面に立つ。

「諸君。知っての通り、我々は今日の戦闘で五百名の戦死者を出した。その中には四人の大隊長と五人の副官も含まれている。その一人は私の副官だが……」

ベティルは憂鬱《ゆううつ》そうに呟《つぶや》いたが、セシリーは平然としていた。

「隊長と副官が戦死した大隊は近衛騎士団預かりとし、陣形はレオンハルト殿の第一近衛騎士団と私の第十二近衛騎士団を入《い》れ替える。異論はないな？ では、軍議を――」

「あの！」

クロノはベティルの言葉を遮《さえぎ》った。

「クロノ殿、何か意見でも？」

「今日の戦闘の結果から部隊の再編成と配置変更《へんこう》をするのは分かるんですけど……」

レオンハルトに問い掛《か》けられ、クロノはおずおずと口を開いた。すると――。

「あら？ レオンハルト様の実力を疑ってますの？ レオンハルト様はパラティウム公爵《こうしやく》

家の嫡子《ちゃくし》にして比類なき剣と神威術《しんいじゅつ》の使い手ですのよ。その実力は控えめに見積もっても貴方《あなた》の父君――殺戮者《スローター》を凌駕《りょうが》しますわ」

「凌駕するかは分からないがね」

セシリーが謳《うた》うように言い、レオンハルトは軽く肩を竦《すく》めた。どうやら心配はいらないと言いたいようだが、認識《にんしき》が違《ちが》いすぎる。一体、ここからどうやって夜襲を提案すればいいのか。悩《なや》んだ末、クロノは直球で勝負することにした。

「僕は神聖アルゴ王国に対する夜襲を提案します」

「夜襲だなんて、自分が何を言っているのか分かってますのッ？」

「そうだ！　貴族の誇りはないのかッ！」

「恥《はじ》を知れ！　この卑怯者がッ！」

「亜人を率いていると、頭まで卑《いや》しくなるんだな」

クロノが直球で切り出すと、セシリーと三人の大隊長が叫んだ。

「僕は合理的な提案をしているつもりです。確かに、レオンハルト殿ならばイグニス将軍と互角《ごかく》以上に戦えるでしょう。けれど、それでは相手の思惑《おもわく》に乗ることになります」

「なるほど、クロノ殿は敵の策に嵌まることを警戒しているのだね」

「そうで――」

「敵が策を弄《ろう》しようとも、それを正面から打ち砕《くだ》くのが貴族ですわ！」

セシリーがクロノの言葉を遮って叫んだ。少しだけイラッとした。レオンハルトならばともかく、彼女《かのじょ》が口にする言葉ではないだろう。小さく息を吐く。

「そういう台詞《せりふ》は自分が矢面《やおもて》に立ってから吐くべきだよ」

「成り上がり者の息子《むすこ》に貴族の何が分かるんですのッ！」

セシリーがヒステリックに叫んだ。

「分からないよ」

「当然ですわ。爵位《しゃくい》を与《あた》えられたと言っても成り上がり者の、いいえ、卑しい傭兵《ようへい》の息子に貴族の誇りが理解できるはずありませんもの」

「確かに僕は君の言う貴族の誇りが理解できない。だから、教えてくれないかな？」

「殊勝《しゅしょう》な心掛《こころが》けですわね。そこまで言うなら教えてあげてもよろしいですわよ」

クロノの言葉にセシリーは鷹揚《おうよう》に頷いた。

「よかった。じゃあ、今から野戦病院に行こう」

「何を仰《おっしゃ》ってますの？」

セシリーは理解できないものを見るような目でクロノを見た。

「野戦病院で死にかけている兵士の前で貴族の誇りについて教えてって言ってるんだよ」

「そんなこと、できる訳がありませんわ！」

「なんで、できないの？」

「へ、平民に貴族の誇りを理解できるはずがありませんもの。無意味ですわ」

「そうだね。平民にとって貴族の誇りなんて無意味だ」

コン、コンとクロノは指先でテーブルを叩いた。

「僕は貴族の誇りを否定するつもりはないよ。でもさ、貴族の誇りを指揮官としての義務を怠《おこた》る理由に使うのは間違《まちが》ってると思う」

「わたくしを愚弄《ぐろう》する気ですのッ？」

クロノは無言でセシリーと睨み合う。しばらくしてベティルが口を開いた。

「エラキス侯爵《こうしゃく》、勝算はあるのかね？」

「当然です。夜目の利く亜人で部隊を編成し、スムーズに連携するためにこれを使います」

クロノはポーチから通信用マジックアイテムを取り出した。

「随分と用意周到《よういしゅうとう》なことだ。それで、どんな計画を立てているのだね？」

「本隊が夜陰《やいん》に乗じて敵の陣地《じんち》に攻撃を仕掛《しか》け、別働隊が糧秣《りょうまつ》を焼《や》き払《はら》います」

「なるほど、陽動を仕掛け、敵の継戦能力を奪《うば》うということか」

「腹が減っては戦《いくさ》ができぬ。これは国も、時代も、世界すら問わない真理だと思います」

ふん、とベティルは鼻を鳴らし、思案するように腕《うで》を組んだ。

「この問題については議論の必要があるようだ。レオンハルト殿とエラキス侯爵、その副官以外は明日に備えて英気を養って欲《ほ》しい」

「じょ、冗談じゃありませんわ！」

「セシリー、私は英気を養えと言ったのだ」

ベティルは低く押し殺《ころ》したような声でセシリーに言った。

「ですが！」

「副官ではなく、厩舎《きゆうしや》の掃除《そうじ》係がお望みかね？」

「め、命令に従いますわ！」

降格人事を示唆《しさ》され、セシリーは天幕から出て行った。他《ほか》の大隊長も面白くなさそうだが、逆らうような真似《まね》はしない。ベティルは溜息を吐き、イスに腰を下ろした。

「エラキス侯爵、君の目から見て戦況《せんきよう》はどうかね？」

「ミノさん、どう？」

「あっしに丸投げですかい」

ミノはがっくりと肩を落とした。

「……発言を許してもらえやすか？」

「構わんよ。夜襲に比べれば亜人の言葉を聞くくらいどうということはない」

ミノが溜息交じりに言うと、ベティルは億劫《おっくう》そうに頷いた。

「あっしの目から見ても状況《じょうきょう》は芳《かんば》しくありやせんね。今日の戦闘は勝ちやしたが、こっちは戦力を補充《ほじゅう》ができないってのに、相手は戦力の補充をし放題でさ。おまけに士気も低いとなりゃ、夜襲でも何でもして、さっさと街を攻《せ》め落《お》とすしかありやせん」

「僕もミノさんと同じ意見です」

クロノは胸を張った。何やら後頭部に視線を感じるが、同じ意見なのは間違いない。

「レオンハルト殿はどうだね？」

「セシリー殿はああ言ったが、私はどんな罠でも打ち破れるような超人《ちょうじん》ではないよ」

ベティルの問《と》い掛けにレオンハルトは溜息交じりに答えた。

「夜襲に賛成ということでよろしいかな？」

「構わないとも」

クロノは軽く目を見開いた。レオンハルトが夜襲を肯定《こうてい》するとは思わなかったのだ。それに言質《げんち》を与えるような真似をしていいのだろうか。

「どうかしたのかね？」

「いえ、レオンハルト殿が夜襲に賛成してくれるとは思わなかったものですから」

「私一人の問題ならば意地も張るが、部下の命が懸《か》かっているのでね」

仕方がない、とレオンハルトは微《び》苦笑《くしょう》を浮《う》かべた。あとはベティルの判断次第《しだい》だが、いい予感はしない。というのも先程《さきほど》から探《さぐ》るような目でこちらを見ているからだ。

「私は立場的に夜襲を認める訳にはいかん。だが、行動を黙認《もくにん》することならできる」

「つまり、勝手にやったことにしろと？」

「それは些《いささ》か勝手すぎないかね？」

クロノとレオンハルトの言葉にベティルは押し黙った。虫のいいことを言っている自覚はあるのだろう。だが、物は考えようだ。

「分かりました。夜襲は僕の独断ということにして頂いて結構です」

「おお、エラキス侯爵」

ベティルは感動しているかのように身を震わせた。

「もちろん、無償《むしょう》ではないのだろうね？」

「なんだ、そうなのか」

レオンハルトの言葉にベティルは落胆《らくたん》したように言った。

「そりゃ、命を懸けるんです。無償という訳にはいきませんよ」

「それで、何が欲しい？」

「作戦の成否にかかわらず、部下に最高の治療《ちりよう》と相応の報酬《ほうしゆう》を約束して下さい」

「宮廷《きゆうてい》貴族に過ぎない私に金など出せるか！」

ベティルはイスから立ち上がって叫んだ。

「無理ですか？」

「そ、そうだ。無理なのだ」

「嘘《うそ》を吐いちゃ駄目《だめ》だよ。ベティル副軍団長殿」

柔《やわ》らかなアルトの声が耳朶《じだ》を打つ。声のした方を見ると、天幕の入り口にリオが立っていた。鎧《よろい》は着ていない。軍服姿だ。

「け、ケイロン伯爵《はくしやく》？　どうして、ここに？」

「暇だったから一人だけ先に来たんだよ」

ベティルが上擦《うわず》った声で尋ねると、リオはこともなげに言った。

「一人だけ先にって危ないよ」

「心配してくれて嬉《うれ》しいよ」

リオは嬉しそうに笑い、クロノの隣《となり》に移動する。

「ベティル副軍団長、ボクが何も知らないと思っているのかい？　そう、確か——」

「わ、分かった！　夜襲に参加する兵士に最高の治療と報酬を約束する！」

リオの言葉を遮り、ベティルは叫んだ。どうやら弱みを握られているらしい。

「では、私が証人になろう」

「なら、ボクも証人にならなきゃね」

レオンハルトとリオの言葉にベティルはがっくりと肩を落とした。

※

クロノは軍議を終えると、部下の下に向かった。もちろん、ミノとリオも一緒だ。部下は食事を終えたばかりらしく焚《た》き火《び》を囲んでいる。クロノは目を細める。部下が増えているような気がしたのだ。詳細《しょうさい》な人数は不明だが、三割くらい増えているように思う。

「どうかしたんで？」

「部下が増えているような気がするんだけど……」

「ああ、確かに増えてやすね。上司が死んで、流れ込んできたんだと思いやす」

「そんないい加減でいいのかな」

「追い出しやすか？」

「それはちょっと。ひどいヤツだと思われそうだし」

クロノはごにょごにょと呟き、リオに視線を向けた。

「どうかしたのかい？」

「さっきは流しちゃったけど、補給の仕事をほったらかしていいの？」

「爺《じい》に任せておけば大丈夫《だいじょうぶ》さ。だから、ボクも夜襲に参加するよ」

「ありがとう。助かるよ」

「恋人《こいびと》として当然のことだよ」

ふふ、とリオは笑った。好意を利用しているようで申し訳ない気分になる。だが、彼女は優《すぐ》れた剣士《けんし》で神威術士だ。戦力として非常に魅力的《みりょくてき》だ。

「ミノさん、僕は天幕に荷物を取りに行ってくるから――」

「分かりやした。あっしは夜襲に参加するメンバーを選んでおきやす」

「あと、リオに鎧と機工弓《きこうきゅう》を渡《わた》しておいて」

「へい、分かりやした」

「頼《たの》んだよ」

クロノは自分の天幕に向かった。天幕に入り、木箱を開ける。中に入っているのは着替《きが》えだ。着替えを近くにあった箱の上に置き、空っぽになった箱の底板を押す。すると、底板が外れ、大量の金貨とワインの瓶《びん》が姿を現す。

「割れてなくてよかった」

「何が割れてないんだい？」

突然、背後から声が響く。振《ふ》り返ると、女将《おかみ》がトレイを持って立っていた。

「なんだ、女将か」

女将は無言で歩み寄り、箱を覗《のぞ》き込んだ。

「こんな大金を持ってホッとした顔をするんじゃないよ。盗《ぬす》まれるとは思わないのかい」

「そこは女将を信じてるよ」

「ったく、そんなことを言われたら盗めないじゃないか」

女将は拗《す》ねたように唇を尖《とが》らせた。クロノはワインの瓶を残して箱を元の状態に戻す。

「それで、夕食はどうするんだい？」

「ちょっと食欲が……」

「あたしに食わされるのと、自分で食うのとどっちがいいんだい」

「食べます」

「分かりゃいいんだよ」

ふん、と女将は鼻を鳴らしてテーブルの上にトレイを置いた。クロノが席に着くと、女将は対面の席に座《すわ》った。夕食はパンとスープというシンプルなメニューだ。これならすぐに食べられそうだ。パンに齧《かじ》りつき、スープで胃に流し込む。

「もう少し落ち着いて食べな」

「戦いに行かなきゃいけないからさ」

「こんなことになるんなら、もう少し手の込んだ料理を作っときゃよかったよ」

「エラキス侯爵領に戻《もど》ったらでいいよ」

「――ッ！　そ、そうだね。エラキス侯爵領に戻ったらでいいね」

女将は息を呑《の》み、気まずそうに視線を逸《そ》らした。ネガティブに感じられる言葉が出てきてしまうのは夫と死別しているからだろう。

「大丈夫だよ。僕は女将を一人にしないから」

「と、年上をからかうんじゃないよ」

女将は真っ赤になって言った。さてと、とクロノはイスから立ち上がる。

「女将、行ってくるよ」

「ああ、気を付けるんだよ」

女将の言葉を背に受け、クロノは天幕の外に出た。すると、ミノが立っていた。

「皆《みんな》は？」

「あっちで待ってやす」

ミノに先導されてクロノは歩き出す。

「人選は？」

「ミノタウロスは他の獣人に比べて夜目が利かないんでホルス達は待機、アリデッド、デネブ、タイガの三人には自分の隊を率いさせやす」

「タイガはレオの後を引き継《つ》いだ感じ？」

「へい、よく部下を纏めてやす」

「そうか。一段落したら正式に昇進《しょうしん》させよう」

「分かりやした。話を戻しやすが、リザドは温石《おんじゃく》のお陰《かげ》で無理ができるってんで元からいたリザードマン三十四人と流れ込んできた五十人を合わせた隊を。あっしは新しく加わった獣人とエルフの混成部隊を担当しやす」

「混成部隊の内訳は？」

「獣人が七十、エルフの弓兵が三十でさ」

「合わせて四百八十四か。正気の沙汰《さた》じゃないね」

「まったくでさ」

　クロノはミノと顔を見合わせて笑った。笑ってみると、何とかなりそうな気がした。さらに歩くと部下の姿が見えてきた。背筋を伸《の》ばし、整然と並んでいる。クロノは胸を張った。指揮官がおどおどしていたら部下も不安になるからだ。立ち止まり、部下を見つめる。

「僕らはこれから神聖アルゴ王国軍に夜襲を仕掛ける！　その前に……」

クロノは近くにあった樽《たる》を倒《たお》して水をぶちまけ、水溜《みずた》まりに飛び込んだ。全身に泥《どろ》を浴びて顔を上げると、アリデッドとデネブが憐《あわ》れむかのような表情を浮かべていた。

「クロノ様の頭が残念なことになったし」

「そんなことを言ったら駄目だし。あたしらで支えてあげないとみたいな」

「あたしはちょ——ぎゃぁぁぁッ！」

クロノはアリデッドを水溜まりに引きずり込んだ。

「アリデッド、ひどいことを言うね」

「ぐッ、完全に見分けが付いてるし！」

アリデッドが口惜《くや》しげに呻《うめ》いた。

「さっさと泥を塗《ぬ》って！」

「この歳《とし》で泥遊びは——ぎゃぁぁぁッ！」

アリデッドが悲鳴を上げた。クロノが泥を塗りたくったからだ。

その時、胸を鷲掴《わしづか》みにしてしまったが、悲鳴とは関係ない。

「泥でコーティングして目立たなくしてるんだよ！　ほら、皆も泥で全身をコーティング！　手の空いてる者は枯《か》れ草《くさ》を刈《か》って紐《ひも》を準備！」

クロノが叫ぶと、部下はそそくさと泥で全身をコーティングした。

※

「国境砦《とりで》の援軍《えんぐん》はなかったが、戦に不確定要素は付き物だ。敵に甚大《じんだい》な損害を与えたことを考えれば作戦は成功だったと言えるだろう」

神祇官《しんぎかん》は満足そうにワイングラスを傾けた。イグニスは気付かれないように小さく溜息を吐く。確かに戦果はまずまずだったが、弓兵五百、歩兵五百、騎兵《きへい》百が死んだ。戦闘に堪えられないほどの重傷を負った者を含めれば被害《ひがい》は五割増になるだろうか。これだけの被害を出したのに敵の指揮官を仕留められなかったのだ。自然と気分が落ち込む。

「何故、そんな暗い顔をしている？　明日の夕刻には補充兵が到着《とうちゃく》する手はずになっているのだ。そんな顔をしていたら士気が下がるではないか」

ハハハハッ、と神祇官は上機嫌《じょうきげん》でワインを呷《あお》った。兵士の補充はできるが、農民を兵士に仕立てているのだ。仮に帝国《ていこく》を撃退《げきたい》することができたとしても税収が大幅《おおはば》に減ることを覚悟しなければならない。

「イグニス将軍、貴殿《きでん》も飲め」

「戦神《せんしん》の加護が薄《うす》れますので」

神祇官が空のグラスを差し出してきたが、イグニスは一礼して天幕を出た。深々と息を吐き、歩き出す。自分の天幕に直行してもよかったが、見回りをかねて遠回りするのも悪くない。いや、気を紛《まぎ》らわせたいだけか。やはり、部下の死には慣れない。敵の指揮官を仕留めていたら多少は気分が楽だっただろう。敵の指揮官を仕留められたのだから部下の死は無駄ではなかった。そんな風に自分を慰められる。屁理屈《へりくつ》だ。だが、その屁理屈が必要な時もある。帝国を撃退しなければな、とイグニスは拳を握り締《し》めた。

※

神聖アルゴ王国軍の野営地は森に隣接《りんせつ》するように設営されていた。そこから百メートルほど離《はな》れた所をクロノ達《たち》は腹這《はらば》いになって進む。

「案外、見つからないもんだね」

「こんな格好をさせられてあっさりと見つかったら目も当てられないよ」

クロノが呟くと、リオはぼやくように言った。ちなみにこんな格好とは、泥で全身をコーティングし、草で覆った姿のことだ。多分、子どもが見たら泣く。

「おまけに這《は》いつくばって敵陣《てきじん》に近づくなんて。部下には見せられない姿だよ」

「数百年後にはこれが世界標準になるから大丈夫だよ。多分、歴史書に載《の》る」

「恥の歴史が何百年も残るなんて悪夢以外の何物でもないよ」

リオが嘆《なげ》くように言い、クロノは動きを止めた。敵陣を見つめる。見張りと思《おぼ》しき兵士が歩き回っているが、まだこちらに気付いていないようだ。

「これからどうするんだい？」

「僕とリオ、ミノさん、リザド、タイガはこのまま突っ込む。アリデッドとデネブは森に潜《ひそ》んでひたすら敵を狙《ねら》い撃《う》つ」

クロノはポーチから通信用マジックアイテムを取り出して話し掛けた。

「アリデッド、デネブ、所定の位置に着いたか？」

『『ＯＫだし！』』

通信用マジックアイテムから二人の声が響《ひび》く。リオは不思議そうに首を傾《かし》げ――。

「二人とも何処《どこ》にいるんだい？　位置なんて決めてなかったじゃないか？」

『そこはノリを大切にしてみたり』

『実は裏手の森で待機中だったり』

えへへ、と二人が笑い、リオは呆《あき》れたように溜息を吐いた。

「二人とも合図をしたら見張りを射殺して。その後、僕《ぼく》らは敵陣に突っ込むから援護《えんご》を」

『『了解《りようかい》！』』

通信を終えると、ミノ、リザド、タイガの三人が匍匐《ほふく》前進で近づいてきた。

「いいかい？　見張りを射殺したら大声を上げて突っ込むよ」

三人が神妙《しんみよう》な面持《おもも》ちで頷いた。

「目的は糧秣を燃やすことだから戦闘はできるだけ控《ひか》えて、炎《ほのお》の魔術《まじゆつ》が使える者が手当《てあ》たり次第に火を付ける。あと、女と負傷者には手は出さないこと」

「おや、随分と優《やさ》しいんだね」

「女を殺そうとしたら敵が死《し》にもの狂《ぐる》いで反撃《はんげき》してきそうだし、負傷者はいるだけで治療やら何やらで負担になるからね」

「前言撤回《てつかい》、クロノは悪魔《あくま》の類だね」

クロノが低い声で言うと、リオは軽く肩を竦めた。腹這いになっているのに器用なことだ。改めて見回りの兵士を見つめる。見回りの兵士が立ち止まった。気付かれたのかと頭を下げるが、そうではなかった。見回りの兵士は欠伸《あくび》をしたのだ。

「今だ！」

『『了解！』』

クロノが叫《さけ》ぶと、アリデッドとデネブの声が通信用マジックアイテムから響いた。次の瞬間《しゅんかん》、見張りの兵士は頭を射貫《いぬ》かれて頽《くずお》れた。クロノは立ち上がって剣《けん》を抜《ぬ》く。

「行くぞ！　僕に続けッ！　うらぁぁぁぁぁッ！」

「た、大将！　生き急ぎすぎですぜッ！」

クロノが雄《お》叫《たけ》びを上げて駆《か》け出《だ》すと、やや遅《おく》れてミノが駆け出した。

「走るでござる！」

「……走る」

「はは、最高だね」

クロノは敵陣に向かって走る。ぶも～ッ！　しゃーッ！　ごぉぉぉぉッ！　と部下の雄叫びが圧力を伴《ともな》って背を押《お》す。まだ敵兵は姿を現さない。残り数十メートルという所で天幕から敵兵が出てきた。寝ぼけているのだろう。こちらに気付いていないようだ。

これならいける、と思ったその時、タイガがクロノの脇《わき》を通り過ぎた。さらに次々と部下がクロノを追《お》い抜いていく。ドタドタという音が響き、隣を見る。すると、ポールアクスを担《かつ》いだミノがいた。少し離れた所には大槌《おおつち》を担いだリザドがいる。クロノは全力で走っているのだが、二人の方が余《よ》裕《ゆう》がありそうだ。

「クロノ、置いていかないでおくれよ」

「皆さん、足がお速いですね」

反対側を見ると、リオが走っていた。神威術を使っているようには見えないが、息を乱していない。先頭を走るタイガが敵陣に侵入《しんにゅう》した時、敵兵がこちらに気付いた。

「敵しゅ――ッ！」

敵兵は叫ぼうとしたが、タイガが速かった。大剣を振り下《お》ろし、鳩尾《みぞおち》までを斬《き》り裂く。

「炎でござるッ！」

タイガが叫ぶと、膨《ふく》れ上《あ》がった炎が兵士を吹《ふ》き飛《と》ばした。獣人《じゅうじん》は魔術を使えないので炎はマジックアイテム――侯爵邸《こうしゃくてい》の倉庫で発見し、レオに与えた大剣によるものだ。騒《さわ》ぎを聞きつけたのだろう。別の敵兵が天幕から出てきた。

「敵襲《てきしゅう》！　敵――ッ！」

敵兵の首が落ちる。タイガが大剣を一閃《いっせん》させたのだ。死んだ。だが、敵兵の叫びは無駄《むだ》にならなかった。天幕から敵兵が飛び出してきた。しかし、タイミングが悪かったとしか言い様がない。天幕を出たそこにクロノの部下が雪崩《なだ》れ込んだのだから。鎧を身に着けていない敵兵は獣人にとって格好の獲物《えもの》だ。クロノが辿《たど》り着《つ》いた時、敵陣の一角は死体で埋《う》まっていた。立ち止まり、荒《あら》い呼吸を繰《く》り返《かえ》す。

「大将、肝《きも》を冷やしやしたぜ」

ごめんなさい、とクロノは剣を鞘《さや》に収めて謝罪した。

「よし！　火を付けろッ！」

「焔舞《ほむらまい》！」

「炎弾乱舞《えんだんらんぶ》！」

ミノが声を張り上げると、二人のエルフが魔術を放った。焔舞は大きな音と炎を撒き散《ち》らす魔術、炎弾乱舞は無数の火の玉を標的にぶつける魔術だ。二つの魔術によって天幕に火が付くが、火勢が今一つだ。

「風があれば——」

「旋舞《つむじまい》！」

クロノが呟くと、エルフの女性が魔術を使った。旋風《せんぷう》が炎を煽《あお》り、火勢が強まる。しげしげと女性を眺《なが》める。確か、街道《かいどう》でアリデッドとデネブと話していた女性だ。

「ありがとう」

「……いえ」

クロノが礼を言うと、彼女は恥《は》ずかしそうに俯《うつむ》いた。

「皆！　走るよッ！」

クロノ達は一丸となって敵陣を駆ける。天幕から出てきた敵兵を殺し、手当たり次第に火を付ける。だが、快進撃《かいしんげき》は長く続かない。敵兵が冷静さを取り戻《と》し始めたのだ。

「大将、おかしくありやせんか？」

「誘《さそ》われてるのかな？」

クロノ達を中央まで誘い込んで退路を断とうとしているのか。それにしては被害が大きすぎる。ミノは混成部隊を指揮しながら十人ばかりの敵兵を屠《ほふ》っているし、タイガ隊とリザド隊は五百人以上の敵を殺しているのだから。

「試《ため》してみよう」

「どうするんで？」

「敵は糧秣を狙ってるぞ！　糧秣を守れッ！」

「敵は糧秣を狙っているぞ！」

「急げ！　守りを固めるんだ！」

クロノの叫びに敵兵が反応する。どうやら敵は連携《れんけい》している訳ではないようだ。安堵《あんど》の息を吐きつつ、ポーチから通信用マジックアイテムを取り出す。

「アリデッド、デネブ、敵兵が糧秣を守るために移動してるから狙い撃って。それから、伝令っぽいヤツも念のため」

『今まさに撃ってる所みたいな！』

『うぐッ、遮蔽《しゃへい》物が多くて狙いづらいし！』

クロノは再び通信用マジックアイテムに呼びかける。

「タイガ、リザド、敵は混乱してるけど、油断しないで突《つ》っ走《぀し》って！」

『了解でござる』

『……了解』

クロノはポーチに通信用マジックアイテムをしまって駆け出した。敵陣を駆けている途《と》中《ちゅう》で背後からドサッという音が響く。足を止め、振り返る。すると、リザードマンが倒れていた。大量の血を流している。敵兵の姿はないが、殺されたことは明白だ。

「――ッ！」

クロノは息を呑んだ。隊列が長く伸びていることに気付いたのだ。混成部隊――種族による身体能力の差がここで表れたのだ。

「大将！　どうしやすッ？」

「走れ！　とにかく全力で走れッ！」

クロノは声を張り上げた。再び走り出す。隊列を組み直すにしても時間が掛かる。それならば駆け抜けた方が被害は少ないと考えたのだ。だが、部下が一人、また一人と倒れていく。天幕の陰から突き出された槍《やり》に貫かれたのだ。

まだ組織だった攻撃《こうげき》ではないが、奇襲《きしゅう》によって得たアドバンテージが失われようとしている。せめて、あと一手——敵を混乱に陥《おとしい》れるアイディアを考えておくべきだった。クロノは首を掻《か》き切りたい衝動《しょうどう》を堪《こら》えながら死体の脇を駆け抜ける。ポーチから通信用マジックアイテムを取り出して叫ぶ。

「アリデッド、デネブ、援護をッ！」

『さっきから必死にやってるしッ！』

『天幕その他諸々《もろもろ》が邪魔《じゃま》だしッ！』

「撤退状況《てったいじょうきょう》はッ？」

『タイガ隊とリザド隊が踏《ふ》ん張《ば》ってるみたいな！』

『けど、どんどん敵が来るし！　遮蔽物に隠《かく》れられて狙い撃てないみたいな！』

アリデッドとデネブの返事は悲鳴に近かった。クロノは唇《くちびる》を噛《か》み締め、この状況を打開するための策を考える。レイラの魔術——爆炎舞《ばくえんぶ》を思い出す。あれなら、いや、爆炎舞では戦場全体をカバーできない。そこでリオがいることを思い出した。クロノは視線を巡《めぐ》らせた。だが、リオの姿は見えない。通信用マジックアイテムに呼びかける。

「リオ！　リオはそっちにいるッ？」

『……いる』

通信用マジックアイテムからリザドの声が響く。

「代わって！」

『やあ！　こっちは大変だけど、そっちはどうだい！』

直後、リオの声が響いた。こんな状況にもかかわらず呑気《のんき》な声だ。

「リオはアリデッド、デネブと合流！　神威術で敵が潜んでそうな所を吹き飛ばして！」

『分かった。ボクが抜けたら攻撃が激化するけど、生き延びておくれよ』

「縁起でも――ひぃぃぃッ！」

横合いから槍が飛び出し、クロノは仰《の》け反《ぞ》った。槍の穂先《ほさき》が胸を掠《かす》める。

「ぶもぉぉぉぉッ！」

ミノが裂帛《れっぱく》の気合いと共にポールアクスを振り下ろし、敵兵がその場に頽れる。

「油断は禁物ですぜ！　夜襲《やしゅう》が成功しても大将が死んじまったらあっしらの負けでさ！」

「さ、最初から油断なんてしてない！」

クロノはこけつまろびつしながら敵の攻撃を躱《かわ》した。振り返ると、敵兵が上段に槍を構えていた。振り下ろすつもりだろうか。敵兵が足を踏み出し――。

「きぇぇぇぇぇッ！」

　クロノが奇声《きせい》を上げると、敵兵は体を竦ませた。その隙《すき》を突き、剣を滅茶苦茶《めちゃくちゃ》に振り下ろす。敵兵の頭が陥没《かんぼつ》し、眼球が飛び出す。撲殺《ぼくさつ》に近い状態だ。

「走れ！　走れ！　走れぇぇぇぇッ！」

「大将も走って下せぇッ！」

　ミノが叫び、クロノは駆け出した。しばらくしてリオの言葉が事実だと分かった。横から飛び出してくる敵の数が増え、倒れる部下の数が増えたのだ。一体、どれほどの敵を引きつけていたのか。近衛騎士団《きしだん》団長の肩書《かたが》きは伊達《だて》ではないということか。

「大将！」

　ミノが敵兵の頭をかち割って叫ぶ。いよいよ敵を捌《さば》ききれなくなってきたのだ。

「リオを信じるんだ！　リオは……やる時にはやる女だッ！」

「お、男ですぜ！」

　クロノ達が喚《わめ》いていると、音が響いた。笛のような音だ。直後、緑色の光が天幕に突き刺《さ》さり、炸裂《さくれつ》した。敵兵が大量の土砂《どしゃ》と共に天高く舞《ま》い上がる。まるで映画のワンシーンのようだ。敵兵は地面に叩《たた》き付《つ》けられ、ぴくりとも動かない。

「リオ最高！　愛してるッ！」

『ボクもさ』

クロノが通信用マジックアイテムを取り出して叫ぶと、リオはくすくすと笑った。再び笛のような音が響いた。反射的に空を見上げる。緑色の光が夜空を切《き》り裂《さ》いていた。一つや二つではない。少なく見積もって十以上。光が降り注ぎ、炸裂する。そのたびに敵兵が吹き飛んだ。戦況は一変した。何しろ、リオが物陰《ものかげ》に潜んでいる敵兵を根こそぎ吹き飛ばしてくれるのだ。クロノは平静さを取り戻し、敵陣を駆ける。あと少しで森という所で敵兵が飛び出してきた。槍を手にした男だ。だが、攻撃を仕掛けてくることはなかった。背後から斬りつけられたのだ。男がその場に頽れ、斬りつけた者の正体が明らかになる。斬りつけたのはタイガだった。返り血だろうか。全身が血で汚《よご》れている。

「こっちでござる！」

タイガが腕を大きく振る。森は目と鼻の先だ。走れば十秒と掛《か》からないだろう。安全地帯に逃《に》げられる。ホッと息を吐《つ》いた次の瞬間——。

「大将！」

「——ッ！」

ミノが叫び、クロノは反射的に振り返った。すると、エルフの女性が四人の敵兵に行く手を塞《ふさ》がれていた。旋舞で火勢を強めてくれた女性だ。彼女《かのじょ》はクロノを見つめ、顔を背《そむ》けた。まるでクロノが助けに行かないと確信しているかのような態度だった。

「──ッ！」

クロノは歯を食《く》い縛《しば》り、走った。あと少しで安全地帯に逃げられる。指揮官が殺されたらこの奇襲に意味はない。全《すべ》て承知の上でエルフを助けるために走る。

「天枢神楽《てんすうかぐら》！」

こめかみに鈍痛《どんつう》が走り、魔術式が滝《たき》のように流れ落ちる。漆黒《しっこく》の球体を飛ばす。漆黒の球体が敵兵の頭を覆《おお》い、拳《こぶし》を握《にぎ》り締める。音も光もなく敵兵の頭が消滅《しょうめつ》する。けれど、安心はできない。敵兵はまだ三人もいるのだ。

クロノは短剣《たんけん》を抜き、敵兵の腰《こし》に突き立《た》てた。エルフの女性が目を見開く。それでクロノの存在に気付いたのだろう。敵兵が同時に振り返る。脊椎《せきつい》を破壊《はかい》されて立っていられなくなった敵兵を突き飛ばす。反射的にか、二人は抱《だ》き留《と》めようとした。クロノは長剣《ちょうけん》を抜き、突きを放った。切っ先が仲間を抱き留めようとした敵兵の首を貫く。残った一人が剣を抜く。長剣を引《ひ》き抜こうとするが、なかなか抜けない。敵兵が剣を振り上げ──。

「炎弾乱舞！」

エルフの女性が魔術を放った。無数の炎が直撃《ちょくげき》し、敵兵は瞬《また》く間《ま》に炎に包まれた。地面を転げ回って炎を消そうとするが、やがて動かなくなった。クロノは長剣を引き抜き、鞘に収めた。エルフの女性に手を差し出す。

「お陰で助か——」

「大将！」

ミノがクロノを引き摺《ず》り倒し、覆い被《かぶ》さった次の瞬間、炎がエルフの女性を呑み込んだ。

「ミノさん！　放せッ！」

「間に合いやせん！」

「まだ、まだ間に合う！」

「あの娘《むすめ》は死んだんでさ、死んじまったんでさ！」

エルフの女性は炎の中で身悶《みもだ》えし、炎が消えると同時に倒れた。地面に触《ふ》れたか触れないかのタイミングで崩《くず》れ、風によって吹き散らされた。手から力が抜ける。

どうして、とクロノは呟《つぶや》いた。どうして、自分はこんなに弱いのだろう。剣も、魔術もまともに使えない。特別な力なんて一つもない。目の前にいる女性一人さえ守れない。

「こんな所で再会するとは、な」

その声は不自然なほど明瞭《めいりょう》に聞こえた。男がゆっくりと近づいてくる。真紅《しんく》の鎧を身に纏《まと》った男には右腕《みぎうで》がない。服の袖《そで》がゆらゆらと揺《ゆ》れている。男の名は——。

「……イグニス、フォマルハウト」

「私を知っているのか？」

イグニスは意外そうに目を見開き、訝《いぶか》しげな表情を浮かべた。

「お前はエラキス侯爵《こうしゃく》領の――」

「クロノだ。クロノ・クロフォード」

イグニスの言葉を遮《さえぎ》り、クロノは名乗った。本当ならばエラキスを名乗るべきなのだろう。だが、クロノ・クロフォードを名乗るべきだと思ったのだ。ミノが立ち上がり、ポールアクスを構える。不退転の決意を感じさせるが、一人では勝てない。

「大将、あっしが時間を稼《かせ》ぎやす」

「いや、ここは貴族として退《ひ》く訳にはいかない」

「夜襲を仕掛《しか》けておきながら貴族を語るか、クロノ・クロフォード」

イグニスは顔を顰《しか》め、剣を引き抜いた。幅広《はばひろ》の剣を左腕《ひだりうで》のみで構える。切っ先は微動《びどう》だにしない。神威術は使っていない。素の身体能力で剣を支えているのだ。人間離れした膂力《りょりょく》だ。だが、イグニスは剣を構えたまま仕掛けてこない。そこでクロノが立ち上がるのを待っているのだと気付いた。立ち上がり、ミノの前に立つ。

「神よ、我《わ》が刃《やいば》に祝福を」

イグニスが厳《おごそ》かに告げると、刃が真紅《しんく》の光に包まれた。神威術・祝聖刃《しゅくせいじん》――神の力を武器に纏わせ、攻撃力《こうげきりょく》を向上させる術だ。真紅にして破壊《はかい》を司《つかさど》る戦神《せんしん》の祝福を受けた刃は

板金鎧《プレートアーマー》さえ容易《たやす》く溶断《ようだん》する。クロノは苦笑《くしょう》し、ワインの瓶を取り出した。

「その瓶で戦うつもりか？」

「故郷の習慣でね」

クロノは瓶を投げた。イグニスは落胆するように息を吐き、緩《ゆる》やかな放物線を描《えが》いて飛ぶワインの瓶を斬った。次の瞬間、イグニスは炎に包まれた。中に入っていた液体が燃え上がったのだ。

「がッ！　目、目がッ！　貴様、何をした！」

イグニスが苦悶《くもん》の表情を浮かべる。クロノは無言で体当たりを仕掛けた。短剣が脇腹《わきばら》に深々と突き刺さる。これには堪《たま》らず、イグニスは剣を取り落とした。

「ぐ、が――――ッ！」

イグニスの顔が苦痛に歪《ゆが》む。並の相手であればこれで終わりだ。だが、彼《かれ》は並の相手ではなかった。

「こ、この卑怯者《ひきょうもの》が！　左腕だけでクロノを吊《つ》り上げ、地面に叩き付けたのだ。

貴族の誇《ほこ》りはどうしたッ！」

「そんなものは、犬に食わせた！」

クロノが短剣を捻《ひね》ると、イグニスの力が緩んだ。その隙を突き、蹴《け》り剥《は》がす。

「ミノさん！」

クロノが叫ぶと、ミノは駆け出した。ポールアクスを振り上げ——。

「神よ！」

「風よッ！」

イグニスとミノが同時に叫ぶ。赤い壁《かべ》とポールアクスが激突《げきとつ》する。次の瞬間、ポールアクスが光を放った。緑色の光だ。ガラスが割れるような音と共に赤い壁が砕《くだ》け、追い打ちを掛けるように放たれた衝撃波《しょうげきは》がイグニスを吹き飛ばした。トラックに撥《は》ねられたようにイグニスは吹き飛び、地面に叩き付けられた。

「ミノさん、逃げるよ！」

クロノが立ち上がって走り出すと、ミノはポールアクスを担いで付いてきた。

「大将、さっきのは？」

「あれは単なるアルコール」

アルコール？　とミノは不思議そうに首を傾げた。傷を消毒するために作ったものだが、意外な所で役に立った。クロノ達は森に飛び込み——。

「何人やられた？」

「……十人」

「二十人でござる」

「あっしの隊はさっきのエルフだけでさ」

「三十一人か」

被害を確認《かくにん》し、唇を噛み締める。最初からリオを森に待機させておけば、入念に打ち合わせをしておけば、きちんと隊の編成を考えていれば、もう少し力があればと後悔《こうかい》の念ばかりが湧《わ》き上がる。

「夜襲は成功しやした。これからどうしやすか？」

「撤退《てったい》したいけど、やってみたいことがあるんだ」

人としてどうかと思うけど、とクロノは自嘲《じちょう》した。

※

覚醒《かくせい》は唐突《とうとつ》だった。イグニスは飛び起き、激痛に悶絶《もんぜつ》した。全身が熱く、頭の芯《しん》がボーッとする。まるで熱に浮《う》かされているようだ。

「イグニス将軍、お目覚めですか？」

「ここは？」

ローブを着た男に問《と》い掛けられ、視線を巡らせる。どうやら、自分はベッドに寝《ね》かされているようだ。だが、その記憶《きおく》がない。確か――。

「野戦病院です。帝国軍はあちこちに火を付けましたが、ここには手を出しませんでした」

「そうだ！　夜襲は？　帝国軍はどうしたッ？」

ローブを着た男――医者の言葉で記憶が繋《つな》がった。昨夜、イグニスはクロノと戦い、負けたのだ。それも卑怯《ひきょう》な手段で虚《きょ》を衝《つ》かれて。立ち上がろうとして呻く。脇腹から激痛が這い上がってきたのだ。痛みを噛み殺《ころ》し、ベッドから下りる。

「まだ、動かれては」

「問題ない」

イグニスは天幕の外に出て、目を見開いた。野営地はひどい有様だった。三分の一以上の天幕が焼かれ、野戦病院の周辺は負傷者で溢《あふ》れかえっていた。

「い、イグニス将軍！」

「バン！　生きていたんだな」

バンは古参兵だった。去年、イグニスと共にケフェウス帝国に侵攻《しんこう》し、生還《せいかん》した歴戦の勇士だ。彼はよろよろと歩み寄り、力尽《ちからつ》きたように膝《ひざ》を屈《くっ》した。そして、ぽろぽろと涙《なみだ》をこぼした。これにはイグニスも驚《おどろ》きを隠せなかった。

「い、イグニス将軍。わ、我々は、俺《おれ》は何と戦わされたんですか？」

「待て、何があった？」

「あ、あれを……」

バンは声を詰《つ》まらせながら布を指差した。膨らみから察するに布の下には死体があるのだろう。イグニスは脇腹の痛みに堪えながら死体に歩み寄り、その傍《かたわ》らに跪《ひざまず》いた。布を捲《めく》り、顔を顰める。死体は獣に食い散らかされたように損壊《そんかい》していた。内臓がなかった。眼球は口に詰められ、胸板《むないた》には冒涜《ぼうとく》的な文章が刻まれていた。死者の尊厳を汚したことに怒《いか》るべきなのだろう。だが、イグニスの心に湧き上がったのは恐怖《きょうふ》だった。

「な、何故《なぜ》、こんなことを……」

「ゆ、昨夜――」

独り言のつもりだったが、バンはぽつりぽつりと昨夜の出来事を話し始めた。昨夜、あれから亜人どもは森の中に逃げ込んだらしい。しばらくは何もなかった。誰《だれ》もが何度も攻《せ》め込んでくるはずがないだろうと思っていた。

そして、悪夢は唐突に幕を開けた。まず、見張りの兵士が太股《ふともも》を射貫かれた。バンは射られた仲間を助けようとしたが、助けられなかった。太股を射貫かれたのだ。このままでは殺されてしまう。バンは天幕の陰に隠れ、全てを目撃《もくげき》することになった。動けなくなった兵士は何度も、何度も矢で射貫かれた。まるで嬲《なぶ》るように急所を外してだ。駆け寄《よ》った者は例外なく射貫かれ、殺されるか、次の餌《えさ》にされた。やがて、誰も動けなくなった。

「仲間を、見捨てたのか」

「仕方がなかったんです！　森に、潜んでいる敵を倒そうと、したヤツらもいたけど」

「こうなったか」

バンが震《ふる》える指を死体に向け、イグニスは呻いた。恐《おそ》らく、これはクロノが命じたに違《ちが》いない。何のために兵士をいたぶり、死体を辱《はずかし》めるような真似《まね》をしたのか。自分達に恨《うら》みでもあるのか。いや、恨みはあるに決まっている。だが、どれほど恨みを買えばこんな目に遭《あ》うというのか。考えても答えは出ない。出る訳がない。答えが出たら――クロノの考えを理解したら自分の人生が否定されてしまうような気がした。

※

ベティルは騎士《きし》の家系に生まれた。領地はなく、古くから帝国に仕えていることだけが取《と》り柄《え》の宮廷《きゆうてい》貴族だ。若い頃《ころ》は剣の力で家を盛り立てようと修行《しゆぎよう》に明け暮れた。努力を積み重ねれば報《むく》われると信じていた。そんなことを十年も信じていたのだから若かったとしか言い様がない。やがて、ベティルは近衛騎士になり、上官に媚《こ》びるようになった。抵抗《ていこう》はなかった。派閥《はばつ》に属することにも、派閥を乗《の》り換《か》えることにも抵抗はなかった。皆そうしていたし、自分の地位を高めることが正しいと思ったのだ。

ベティルが今のようになったことに理由はない。少なくとも転機と呼べるものはなかったように思う。親友や恋人《こいびと》、上司に裏切られたこともない。強《し》いて理由を挙げるとすれば現実を理解できる程度に歳を取ったということなのだろう。

今の自分をどう思うかと問われれば満足していると答える。そこそこの家柄《いえがら》の妻とそれなりに幸せな生活を営んでいる。順風満帆《じゅんぷうまんぱん》な人生を送っていると思う。愛人を囲ってもすぐに別れる羽目になることを除いてだが——。

ふとフェイ・ムリファインのことを思い出す。才能は間違《まちが》いなくあった。だが、飛び抜けすぎていた。ついでに愚《おろ》かでもあった。騎士団は組織だ。他《ほか》の団員と足並みを揃《そろ》えられない才能は必要ない。諦《あきら》めなければと無駄な努力をする姿に苛立《いらだ》ちを隠せなかった。

しかし、彼女に対する仕打ちは度が過ぎていたのではないかと思う。彼女がエラキス侯爵領に異動すると分かっていればもう少し手心を加えた。申し訳ないことをしたと反省している。何故、こんなことを考えているのか。決まっている。生きるか死ぬかの瀬戸際《せとぎわ》に立っているからだ。そうでなければ馬糞女《まぐそおんな》に申し訳ないことをしたただなんて思わない。そうだ。自分は彼女が嫌《きら》いだったのだ。だから、冷遇《れいぐう》した。それだけのことだ。

「……エラキス侯爵は上手《うま》くやったのだろうか」

ベティルは馬の上で呟いた。前方――目と鼻の先では弓兵が矢を放っている。敵の矢がここまで届く可能性は低いが、ゼロではない。どうして、こんなことになってしまったのだろうと嘆息《たんそく》する。結局、配置換《が》えは行われなかった。アルフォートがレオンハルトを近くに置きたがったせいだ。気持ちは分かる。自分がアルフォートの立場であればレオンハルトを近くに配置したいと考えたことだろう。だが、お飾《かざ》りとはいえアルフォートは軍団長なのだ。もう少し軍団長としての気概《きがい》を見せて欲《ほ》しかった。

神よ、とベティルは呟く。エラキス侯爵が神聖アルゴ王国軍に痛打を与《あた》えてくれていますように。できればイグニス将軍を死に至らしめるか、重傷を与えていますようにと。儚《はかな》い願いだ。敵の数は減っているが、エラキス侯爵は戻《もど》っていない。殺されたと考えるべきだろう。不意に敵の矢が止まる。トラブルか、それとも罠《わな》か。ベティルは迷い――。

「ええい！　撃ち方《かた》止め！　私に続け！」

馬を走らせた。イグニス将軍が出てきたら為《な》す術《すべ》もなく殺される。だったら、せめて敵に損害を与えて死のうと思ったのだ。自棄《やけ》になっていたのかも知れない。二百騎《き》あまりの騎兵が追従する。これで敵に損害を与えられるだろうか、と不安が湧き上がる。騎乗突撃《きじょうとつげき》は集団で突撃してこそ真価を発揮する。スピードを緩め、人数が集まるのを待つべきではないか。そう考えたが、馬を止めれば狙い撃たれる。馬を走らせるしかない。斜面《しゃめん》を駆け上がり、あることに気づいた。

敵兵がベティルを見ていないのだ。わずかに視線を巡らせると、敵兵の視線の先に異様な集団が立っていた。草のバケモノだ。そうとしか言い様がない。草のバケモノ——その一匹《ぴき》が剣を掲《かか》げて走り出すと、他のバケモノも鬨《とき》の声《こえ》を上げて走り出した。ひょっとしてあれはエラキス侯爵だろうか。それにしても、どうしてあんなおかしな格好をしているのか。理解が全く追いつかない。だが——。

「あ、亜人どもだ！」

「くそッ、あ、悪魔どもめ！　あれだけ殺して、殺したりないのか！」

敵兵には威嚇《いかく》効果があったようだ。そこに矢が飛来した。まるで横殴《よこなぐ》りの雨だ。敵兵は短い悲鳴を上げ、ばたばたと倒《たお》れた。水平に放って鎧《よろい》を貫通《かんつう》するなどすさまじい威力《いりょく》だ。

「に、逃げろ！」

「ひぃぃぃっ！」

「バケモノめ、俺達《おれたち》が何をしたってんだ！」

一人が武器を手放して逃げ出す。あとは総崩《そうくず》れだった。

「突っ込むぞ！　ただし、草のバケモノは殺すな！　あれは味方だ！」

ベティルは逃げる敵兵に安心して突っ込んだ。

※

「すごい、すごいよ！　ベティル副軍団長ッ！」

ベティルが戦果を報告すると、アルフォートは子どものように喜んだ。ベティルは必死に無表情を取り繕《つくろ》った。大したことはしていない。潰走《かいそう》した敵を追撃《ついげき》しただけ。戦闘《せんとう》とは呼べない一方的な殺戮《さつりく》だった。これで失点を回復できたが、死んだ部下とその家族のことを思うと暗澹《あんたん》たる気分になる。

「アルフィルクに戻ったら褒美《ほうび》……領地を持てるようにアルコル宰相《さいしょう》に相談してみるよ」

「本当ですか！　あ、いえ……」

ベティルは身を乗り出し、すぐに思い直す。領地をもらえるのは嬉《うれ》しい。だが、今のアルフォートはラマル五世の庶子《しょし》に過ぎない。もちろん、アルコル宰相は可能な限り努力してくれるだろう。しかし、新貴族の例もある。彼らのように未開の地を押しつけられる可能性もゼロではない。

そもそも、領地をもらっても運営できない。苦労するのは目に見えている。今の生活を失うリスクを冒《おか》したくないというのが正直な感想だ。だが、アルフォートの面子《メンツ》を潰《つぶ》して恨みを買いたくもない。誰も損をしない落とし所はないかと考えを巡らせ、誰も損をしない素晴《すば》らしいアイディアを思い付いた。

「恐れながら、アルフォート殿下《でんか》。詳《くわ》しくは申し上げられませんが、此度《こたび》の戦果はエラキス侯爵の尽力《じんりょく》があればこそ。故《ゆえ》に領地はエラキス侯爵に与えて下さい」

「分かった」

ベティルは内心ほくそ笑《え》んだ。エラキス侯爵との約束を破るつもりはないが、領地をもらえるとなれば過度の要求はしてこないだろう。それにアルフォートの心証もよくなったからだ。自分もリスクを冒さずに済んだ。大満足だ。

※

クロノは三十一人分の墓を前に立ち尽《つ》くした。敵はすでに撤収《てっしゅう》している。そうでなければ部下を埋葬《まいそう》することはできない。埋葬といっても作業自体は部下に任せた。やったことといえば瞼《まぶた》を閉じ、手を組ませたくらいだ。それができなかった者もいる。あの、エルフの女性だ。灰と化し、風にさらわれてしまった。名前を聞いておけばよかった。そんなことを考え、小さく頭を振《ふ》る。寝不足《ねぶそく》のせいだろう。頭がボーッとしている。

「大将、大丈夫《だいじょうぶ》ですかい？」

「大丈夫だよ。それよりも、みんなは？」

「へい、行軍は明日からなんで休ませてやす。まあ……」

ミノは言葉を濁《にご》した。迂闊《うかつ》な一言を言ってしまった。そんな気持ちが伝わってくる。

「まあ、少しばかり大将を怖《こわ》がっているように見えますがね」

「そう、だよね」

クロノは溜息《ためいき》を吐き、昨夜のことを思い出す。昨夜、弓兵に敵の狙撃《そげき》を命じた。一人を負傷させ、助けようとした敵兵を攻撃する。元の世界にいた頃、映画で見た戦術だ。確か友釣《ともづ》りといっただろうか。残忍《ざんにん》で狡猾《こうかつ》な戦術だ。それを森から見ていた。今更《いまさら》だが――。

「……僕は狂《くる》ってるのかも知れないね」

クロノは自分が正気だと思えなかった。人を殺す瞬間、躊躇《ためら》いはする。けれど、人を殺しても罪悪感を覚えない。鉛《なまり》のような疲労《ひろう》感を覚えるだけだ。このまま人を殺し続けたらこの鉛のような疲労感も消えるのだろうか。

「……大将？」

「大丈夫だよ。僕《ぼく》は卑怯者と罵《ののし》られても、みんなから怖がられても、大丈夫なんだ。どんな残酷《ざんこく》な真似だって平気でできる。それで、一人でも部下を死なせずに済むんなら」

大丈夫《だいじょうぶ》、とクロノは呟き続けた。

第六章『篝火』

行軍開始六日目夕方——帝国軍《ていこく》は戦闘によって将兵を失い、八千五百弱に規模を縮小させながらも行軍を再開した。底を尽きかけていた糧秣《りょうまつ》は第九近衛騎士団のお陰《かげ》で補充《ほじゅう》されている。団長であるリオが仕事を放《ほう》り出《だ》して夜襲に参加していたにもかかわらずだ。

それくらいで動けなくなるような人間に第九近衛騎士団は務まりません、とはリオの爺《じい》こと副官の弁である。糧秣を受け取る際、クロノはリオの副官と言葉を交《か》わした。ほんの十数分程度の会話だったが、彼がどれくらいリオを大切に思っているのかが伝わってきて何とも居心地《いごこち》が悪かった。

リオ様を裏切ったら死ぬぞ、と彼は別《わか》れ際《ぎわ》にクロノの肩《かた》を叩いた。柔和《にゅうわ》な笑みを浮かべていたが、ぞっとするほど凍《い》てついた光が双眸《そうぼう》に宿っていた。そんな彼から仕入れた情報によれば、神聖アルゴ王国は王都に近づくほど高地が増え、必然的に街道はその間隙《かんげき》を縫《ぬ》うような形になるらしい。

クロノは岩に腰を下ろし、街道沿いを見つめた。リオの副官が言った通り、街道沿いは急勾配《きゅうこうばい》になっている。崖《がけ》と評してもいいだろう。季節が春ならばハイキングをしたくなるような風景を楽しめるはずだが、今は冬だ。斜面に生えた草花は枯《か》れ果て、木々は葉《は》を落としている。そのせいか、大地が迫《せま》ってくるような圧迫感《あっぱくかん》を覚える。

そんな風に感じるのは敵の奇襲を警戒《けいかい》しているせいだ。それほど敵が襲《おそ》い掛かってきたり、巨大《きょだい》な岩が転がってきたりする光景をイメージしやすい。

僕ならここで迎《むか》え撃《う》ったけど、とそんなことを考えながら部下に視線を移す。

「今日はここで野営だ！　さっさと天幕を張れッ！」

ミノが命令すると、部下達《たち》はてきぱきと天幕を張り始めた。部下になったばかりのメンバーは手際《てぎわ》が悪い。役割分担を理解できていないせいだろう。古参のメンバーが率先《そっせん》して声がけしているお陰で孤立《こりつ》している者はいないようだ。

「……エラキス侯爵領に戻ったら異動の申請《しんせい》をしないと」

「クロノ様が難しい顔をしてるし」

「またあれをやらせるつもりみたいな」

「二人とも作業は？」

アリデッドとデネブが擦《す》り寄ってくる。あれとは狙撃《そげき》戦術——友釣りのことだろう。

「もう終わったし」

「人数も多いし、楽ちんみたいな」

むふ、とアリデッドとデネブは鼻息も荒《あら》く答えた。

「で、どうなのみたいな？」

「そこが気になるし」

「機会があればやりたいけど、それがどうかしたの？」

「狙撃や死体を使った心理攻撃は有効な戦術だと思うけど、手放しでは賛成できないし」

「あまり残酷な真似をすると、こっちの士気が下がるみたいな」

確かに、とクロノは頷《うなず》いた。言われてみればという気はする。

「二人は？」

「あたしらは割と悲惨《ひさん》な過去を背負ってるから大丈夫みたいな」

「気持ちを切り離《はな》して動けるし」

「……分かった」

クロノは少し間を置いて答えた。アリデッドとデネブの主張はもっともだ。いくら有効でもこちらの士気を下げては元も子もない。士気を維持《いじ》するためにも適正のある部下を選んで狙撃隊を組織した方がいいだろう。

「な、何だか、分かったって顔をしてないし」

「じゃ、邪悪《じゃあく》な気配が漂《ただよ》ってるし」

「そんなことないよ」

「むむ、怪《あや》しい」

アリデッドとデネブは訝しげな視線を向けてきた。鋭《するど》いが、黙《だま》っておく。その時――。

「エラキス侯爵！」

ベティルが近づいてきた。アリデッドとデネブが立ち上がり、背筋を伸《の》ばした。クロノも立ち上がろうとしたが、ベティルはそのままと言うように手の平を向けてきた。抵抗はあるが、命令であれば仕方がない。ベティルはクロノの前で立ち止まり、咳払《せきばら》いをした。

「あ～、エラキス侯爵？」

「何でしょう？」

クロノが問い返すと、ベティルは左右――アリデッドとデネブを見た。話を切り出すのを迷っているように見える。二人に視線を向けたのだから夜襲の件だろう。

「二人は参加しています」

「そ、そうか」

あえて夜襲という言葉を使わずに言うと、ベティルの表情が和《やわ》らいだ。

「あ、あ～、う～ん、あの件は、見事だった」

「ありがとうございます」

「実は、アルフォート殿下が領地を下賜《かし》して下さるという話になってだな」

「おめでとうございます」

「うむ、本当にありがたい申し出だったのだが、エラキス侯爵を推薦《すいせん》させてもらった」

「『クロノ様の領地が増えるってことッ？』」

アリデッドとデネブが身を乗り出し、ベティルは不愉快《ふゆかい》そうに顔を顰めた。

「そう考えてもらっていいだろう。もちろん、治療《ちりょう》と報酬《ほうしゅう》の件は前向きに対応するが……」

ベティルはクロノから顔を背け、ごにょごにょと呟いた。よく聞き取れなかったが、よろしく頼《たの》むと言っていたような気がする。

「領地では不満か？」

「いえ、ありがとうございます」

クロノは頭を下げた。正直にいえば少し意外だった。ベティルは約束を守らないタイプだと思っていたのだ。フェイに嫌《いや》がらせをしたり、アリデッドとデネブを殺そうとしたりしたので悪い印象ばかりが先行していたが、悪人という訳ではなさそうである。

「いや、私は約束を守っただけだ。そう、約束を守っただけなのだ。色々あったが、せめて、この戦《いくさ》の間だけでも良好な関係を維持したいと考えている」

「ええ、いい関係を築きたいですね」

「う、うむ、その通りだな」

クロノはベティルと固い握手《あくしゅ》を交わした。

「では、私はこれで失礼する」

そう言って、ベティルは自分の天幕に向かった。

「むむむ、髭《ひげ》と仲よくするとかありえないし」

「口ではいいことを言って騙《だま》すつもりだし」

「そんなに悪い人じゃないと思うよ」

「「あたしら殺されそうになったし！」」

アリデッドとデネブは身を乗り出し、バシバシと胸を叩いた。

「他の大隊長に比べれば話が通じるし」

「まさかの相対評価みたいな！」

「スリと強盗《ごうとう》を比べるような話だし！」

アリデッドとデネブが叫《さけ》ぶ。もっともな意見だが、話が通じる相手だけマシだ。ちゃんと代価を払《はら》うつもりならば利用されるのも吝《やぶさ》かではない。

さてと、とクロノは立ち上がった。

「夕食まで間があるから」

「つ、つ、遂《つい》にお呼ばれみたいな？」

「や、優《やさ》しくしてくれると嬉しいし」

アリデッドとデネブは恥《は》ずかしそうに身を捩《よじ》った。

「……会議をしよう」

「はいはい！　そんなことだろうと思ってたしッ！」

「うぐぐ、いつになったらあたしらに春が来るのか教えて欲しいし」

アリデッドは口惜《くや》しげに足を踏《ふ》みならし、デネブはがっくりと項垂《うなだ》れた。

※

イグニスは斜面に背を預け、荒い呼吸を繰《く》り返《かえ》した。内臓が傷付いているのだろう。吐《と》息《いき》が血腥《ちなまぐさ》い。イグニスが信仰《しんこう》する真紅《しんく》にして破壊《はかい》を司る戦神《せんしん》はその名の通り、破壊を司る神だ。治癒《ちゆ》の術が使えない訳ではないが、その力は他の神々に劣《おと》る。動けるようにはなったが、これが精一杯《せいいっぱい》だ。もっとも、あれだけの傷を負って死ななかったのだから神の加護があったということなのだろう。

イグニスは苦痛に顔を顰めながら視線を巡《めぐ》らせた。兵士達もイグニスと同じように斜面に背を預けている。数は二千にも満たないだろう。皆《みな》、満身創痍《まんしんそうい》だ。どうして、こんなことになってしまったのか。いや、理由は分かっている。夜襲《やしゅう》を受けたからだ。五百人以上の兵士が殺され、生き残った兵士も敵の卑劣《ひれつ》な戦術によって戦意を挫《くじ》かれた。翌日の戦闘では戦列が瞬く間に崩壊《ほうかい》し、戦闘とも呼べない殺戮が行われたと生き残った兵士は恐怖に震えながら語った。

自分がクロノ達に負けなければ、せめて意識を保つことができたならばこうも無惨《むざん》な敗走をする羽目になっていなかっただろう。逃げ切れるか、とイグニスは満身創痍の兵士達を見つめた。マルカブの街から丘陵《きゅうりょう》地帯まで三日も掛かった。負傷兵を抱《かか》えている今はそれ以上の時間が掛かると考えて良いだろう。

「イグニス将軍！」

ヒステリックな声が響《ひび》く。神祇官《しんぎかん》の声だ。駆《か》け寄るべきなのだろうが、体がそれを許してくれない。しばらくして神祇官が走ってきた。夜襲を受け、大敗北を喫《きっ》した。にもかかわらず、神祇官は無傷だった。神官服《しんかんふく》が少し汚れているだけだ。

兵士達が憎悪《ぞうお》に満ちた視線を向ける。当然か。この男は夜襲を受けた際に誰よりも速く逃《に》げ出した。それだけではない。翌日の戦闘でもだ。

「な、何故、国境の砦《とりで》から、いや、マルカブの街からも援軍《えんぐん》が来ない！」

「……分かりません」

　イグニスは正直に答えた。前者は街道《かいどう》が封鎖《ふうさ》されているためと推測できる。だが、後者は分からない。誰かが神祇官の失脚《しっきゃく》を狙《ねら》っているか、近隣《きんりん》の村々から糧秣も農民も集められない事態に陥《おちい》っているのではないかと想像することはできるが——。

「くッ、こんな所で死んでたまるか。急いでマルカブの街に戻るぞ」

「恐らく、敵に追いつかれます」

「ならば、どうしろと言うのだ！」

　神祇官はヒステリックに喚《わめ》いた。そして、何かないか、何かないかとイグニスの前を行ったり来たりした。最初からそうしてくれればと思うが、あとの祭りだ。突然《とつぜん》、神祇官は足を止めた。静かに頭《こうべ》を垂れる。その瞳《ひとみ》に卑《いや》しい光が宿っていることにイグニスは気付けなかった。

※

　行軍七日目早朝——帝国軍はマルカブの街を目指して進軍を再開した。糧秣が補給されたばかりなので、それまでに比べて食事の量と鮮度《せんど》が改善されたような気がした。鮮度は望めないにしても食事の量は重要だ。食事の量が少ないと戦況《せんきょう》が悪いのではないかと想像してしまう。少なくともクロノはそうだ。

結構、取られちゃったな、とクロノは街道を進みながら溜息を吐《つ》いた。部下が増えたこともあり、女将《おかみ》に硬《かた》パンを追加でオーダーしたのだが、結構な手間賃を要求された。もちろん、交渉《こうしょう》はした。体で払うと言ったのに、それで割り引いたらあたしが大損だよと却下《きゃっか》されてしまった。残念無念。それにしてもあんなにしっかりしているのにどうして金貨百枚の借金をこさえてしまったのだろう。世の中は不思議で満ちている。

突然、視界が傾《かし》いだ。石に躓《つまず》いたのだ。大きく目を見開く。握《にぎ》り拳《こぶし》大の石が視界一杯《いっぱい》に散らばっていた。手を突《つ》こうにも何処《どこ》に突けばいいのか。万事休《ばんじきゅう》すと流血を覚悟《かくご》したその時、ガクンと停止する。肩越《かたご》しに背後を見ると、ミノがマントを掴《つか》んでいた。

「大将、大丈夫ですかい？」

「ありがとう、ミノさん」

ミノに引き起こされ、クロノは胸を撫《な》で下《お》ろした。顔を上げ、街道を見る。

「石だね」

へい、とミノは頷いた。石は街道全体に散らばっていた。目を細めてみるが、クロノの視力では何処まで石が散らばっているのか分からない。

「落石ですかね？」

「多分、イグニス将軍だよ」

「なんで、分かるんで？」

「石に焦《こ》げた跡《あと》があるからね。多分、斜面の上も……」

斜面を見上げると、一部が焼《や》け焦げ、大きく抉《えぐ》れていた。

「脇腹を刺《さ》して、衝撃波で吹《ふ》き飛《と》ばされたのに生きてるなんて」

「火だるまが抜《ぬ》けてやすぜ。ま、神威術士《しんいじゅつし》だけに神の加護があったんじゃありやせんか」

「こっちは身一つで戦ってるのにズルい」

クロノは思わずぼやいた。ぶふー、とミノが鼻から息を吐いたが、無視する。

「足止めをするってことはかなり追《お》い詰められてるのかもね」

「油断は禁物ですぜ」

「そうだね。さらに気を引《ひ》き締《し》めて進もう。皆にも……いや、直接の方がいいかな？」

クロノはポーチに手を伸ばし、思い直した。

「なら、あっしが伝えてきやす」

「ごめん。何かあったら通信用マジックアイテムで連絡《れんらく》するから」

へい、とミノは頷き、クロノから離れた。しばらくして視界が翳《かげ》った。ミノが戻ってきたのかと思ったが、側頭部に衝撃《しょうげき》が走る。堪らず跪くと、血が滴《したた》り落《お》ちた。

「あら、何処《どこ》かで見た光景ですわね？」

傷を押《お》さえながら顔を上げる。すると、ベティルの副官――セシリーが馬上からクロノを見下ろしていた。鐙《あぶみ》から足が外れている。先程《さきほど》の衝撃は蹴りによるものに違いない。

「……陰険《いんけん》な真似を」

「わたくしは普通《ふつう》に馬を進ませていただけですわ。そもそも、貴族たる者が徒歩で行軍することこそあり得ないのですから、わたくしに非はありませんわ。あら、失礼。貴方《あなた》は卑しい傭兵《ようへい》の息子《むすこ》でしたわね」

クロノが吐き捨《す》てると、セシリーは流れるように嫌みを言った。

「それで、卑しい傭兵の息子を蹴飛《けと》ばしたことに対する謝罪は？」

「むしろ、貴方がわたくしの足を汚《よご》したことを謝罪すべきではなくて？」

そう言って、セシリーは剣《けん》を抜いた。謝罪しなければ斬《き》り捨てるということか。

「どうしますの？」

「どうしようかな？」

「少しだけなら待って差し上げますわよ。わたくしは慈悲《じひ》深《ぶか》い貴族ですもの」

セシリーは笑みを深めた。こちらが謝《あやま》ると確信しているかのようだ。だが、謝るつもりはない。悩《なや》んでいるのはもっと別の理由だ。

「……決めた」

「一騎《いっき》打《う》ちの覚悟でも決めましたの？」

「違うよ」

クロノはセシリーの手首を掴み、力任せに引き寄せる。

「何をなさい──ッ！」

セシリーは息を呑《の》んだ。矢が首筋を掠《かす》めたのだ。

「敵襲《てきしゅう》だ！」

クロノはセシリーを馬から引きずり下ろした。そのまま斜面に引っ張っていき、覆《おお》い被《かぶ》さる。すると──。

「け、ケダモノ！」

「助けてやったのになんて言い草！」

クロノはセシリーを助けたことを後悔しながら通信用マジックアイテムを取り出した。

「敵襲！　皆、斜面に伏《ふ》せろッ！　糧秣は気にしなくていい！」

「何を勝手なことを仰《おっしゃ》ってますの！　糧秣を失ったら──」

セシリーがヒステリックに叫ぶ。だが、最後まで言葉を紡《つむ》ぐことはできなかった。クロノが口の中に指を突っ込んだからだ。流石《さすが》のセシリーも目を白黒させている。

「女将達と医者は絶対に守れ！」

次の瞬間《しゅんかん》、矢の雨が街道に降り注いだ。矢に貫《つらぬ》かれた兵士がばたばたと倒れ、馬が暴《あば》れ狂う。馬の近くにいた兵士が馬に顔を蹴《け》られ、斜面に叩《たた》き付《つ》けられた。クロノ達の真横だ。

「ゲ、ボッ！」

「ひぃッ！」

兵士が血を吐き、セシリーは悲鳴を上げた。だが、二人に構っている暇《ひま》はない。

「皆、無事かッ？」

『皆、無事でさ！』

通信用マジックアイテムからミノの声が響き、クロノはホッと息を吐いた。だが、安心してばかりはいられない。矢の雨が降り続いているのだから。敵の奇襲《きしゅう》によって帝国軍はパニックに陥っていた。一部の兵士が駆け出し、将棋倒《しょうぎだお》しになる。誰かが石に躓いたのだろう。当然、敵はそれを見逃《みのが》してくれない。集中的に矢が降り注ぐ。短い悲鳴が断続的に上がり、周囲は瞬《また》く間《ま》に血の海と化した。

『大将！　どうするんで！』

「敵が矢を討《う》ち尽くしたらアリデッドとデネブは焔舞《ほむらまい》を空に向けて放って！　それを目印に集合ッ！　その後は円陣《えんじん》を組んで備える！」

クロノはセシリーに覆い被さり、矢が途切《とぎ》れるのを待った。恐ろしい時間だった。何度もこのまま矢は途切れないのではないかという不安に屈しそうになった。不意に矢が止まり、爆音《ばくおん》が轟《とどろ》いた。アリデッドとデネブが焔舞を使ったのだ。クロノは立ち上がり、音のした方を見る。百メートルくらい離れているか。一秒でも速く部下と合流したいが、クロノはセシリーを見た。彼女《かのじょ》は斜面に横たわったまま呆然《ぼうぜん》としている。手を差し出す。

「ほら、呆《ほう》けてないで立って」

「結構ですわ」

ふん、とセシリーは鼻を鳴らして立ち上がった。だが、いつまで立っても走り出そうとしない。仕方がなく、セシリーの手首を掴む。

「走るよ」

「い、卑しい傭兵の息子《むすこ》風情《ふぜい》がわたくしに触《さわ》らないで下さらない！」

「黙って走れッ！」

クロノは怒鳴《どな》り、走り出した。背後から雄叫《おたけ》びが響く。肩越しに背後を見ると、敵の集団が斜面を駆け下りてくる所だった。人数は百人に満たない。全員が負傷している。本隊を逃がすために殿《しんがり》として残ったのだろう。だが、違和感《いわかん》がある。イグニスならば自分が残ったのではないだろうか。いや、そんなことを考えている暇はない。敵兵は斜面を下りきり、帝国軍に襲い掛《か》かっているのだから。

大将！　とミノの声が響いた。声のした方を見る。クロノの指示通り、部下は円陣を組んでいた。セシリーの手を引いて円陣の中に飛び込む。

「大将、よく無事で」

「何とかね」

クロノは円陣の中央に女将の姿を発見し、胸を撫で下ろした。

「よく無事で、じゃありませんわ！　早く助けに行かなくては！」

セシリーが手を振り解《ほど》こうとするが、クロノは手を放さなかった。

「放しなさい！」

「助けに行く必要はないよ」

「何故、そんなことが言えますの？」

クロノは戦闘の様子を見つめる。敵兵はよく戦っているが——。

「あれだけの負傷だからね。すぐに気力も、体力も尽きるよ」

「おお！　まるで指揮官だし！」

「指揮官だよ」

アリデッドとデネブが手を打ち鳴らし、クロノはぼそっと呟《つぶや》いた。

※

イグニスは神祇官の胸《むな》ぐらを掴んだ。

「貴様！　何を考えているッ！」

「わ、私は指揮官の務めを果たしただけだ！」

「貴様の言う指揮官の務めとは兵を無駄死《むだじ》にさせることかッ？」

「そ、そうではない！」

イグニスが問《と》い詰《つ》めると、神祇官は上擦《うわず》った声で叫んだ。

「そ、そうではない。そうではないのだ。私は大を生かすために小を切り捨てる決断をしたのだ。彼《かれ》らは他の兵士よりも深い傷を負っていた！　彼らを庇《かば》いながら進んでいては他の兵士が犠牲《ぎせい》になってしまう！　私は身を切るような思いで決断したのだッ！　彼らとてそれを理解していたはずだッ！」

神祇官の声は徐々《じょじょ》に熱を帯び、最後はあたかもそれが真実であるかのような口調になっていた。分かっていない。確かに指揮官は大を生かすために小を切り捨てる決断をしなければならない。

だが、それは自己保身のためであってはならない。それを忘れれば神祇官のように見誤る。イグニスは斜面を爆破《ばくは》し、石の破片《はへん》で街道を覆うことで帝国軍の進行スピードを鈍《にぶ》らせた。それを神祇官は知っていたのに五カ所に六百人の兵士を配置した。必要以上の人数だ。無駄《むだ》としか言い様がない。地理に明るいか、山道に慣れた兵士を選抜《せんばつ》し、一撃離脱《いちげきりだつ》を繰り返す方が効果的で兵士の生き延びられる可能性も高い。

イグニスが手を放すと、神祇官はその場にへたり込んだ。一生を費やしてもこの男とは理解し合えないだろう。そして、六百人の兵士を思う。恐《おそ》らく、彼らは助かるまい。その死に報いるためにも──マルカブの街に辿《たど》り着《つ》き、態勢を立て直さなければいけない。

※

帝国軍は隊列を変更《へんこう》し、行軍を再開した。先行するのはクロノが率いるリザードマンの重装歩兵二十、タイガが率いる獣人《じゅうじん》の歩兵五十、エルフの弓兵百の混成部隊だ。弓兵を率いるのはエルフの古参兵でナスルという男だ。髪《かみ》は収穫間際《しゅうかくまぎわ》の麦のような色合いで目鼻立ちは整っている。これまでの戦歴を物語るように手は傷だらけで、腕《うで》にも刃物《はもの》によると思われる古傷がいくつも残っていた。

「クッ、このわたくしが歩いて行軍するなんて屈辱《くつじょく》ですわ」

「馬に逃げられたんだから仕方がないでしょ」

「あの馬はお父様が育てた最高級の馬ですのよ？　仕方がないではすみませんわッ！」

「アリデッド、デネブ、敵は？」

クロノはセシリーを無視して通信用マジックアイテムで呼びかけた。

『……こちらアリデッド。敵を発見みたいな』

『こちらデネブ。こっちも発見みたいな』

二人が低く押し殺《ころ》したような声で答える。二人——正確にはアリデッドとデネブに率いられたエルフの弓兵と獣人の混成部隊——がいるのは斜面の上だ。

「生け捕《いど》りにできそう？」

『難しいけど、命令なら』

『あたしも』

クロノが尋《たず》ねると、二人はやはり低く押し殺したような声で答えた。

「分かった。生け捕りにはしなくていい」

『了解《りようかい》』

通信が途絶《とぜつ》する。しばらくして通信用マジックアイテムから爆発音《ばくはつおん》や金属のぶつかり合う音、声らしきものが聞こえてきた。どれも不明瞭《ふめいりよう》だが、激しい戦闘が行われているのは間違《まちが》いない。やがて、街道沿いの斜面から敵兵が駆け下りてきた。追い詰められ、せめて一矢《いつし》報《むく》いようと考えたのだろう。

「人数は五、六十って所か。重装歩兵、歩兵はいつでも動けるように待機。ナスル？」

「整列！　二列横隊ッ！」

クロノが呼びかけると、ナスルは素早《すばや》く指示を出した。弓兵が前列と後列が重ならないように二列横隊で戦列を組み――。

「てぇッ！」

ナスルの号令と共に矢が放たれ、斜面を下っている最中の敵に襲い掛かる。敵兵が矢に射貫かれ、斜面を転がり落ちる。だが、無力化できたのは十人くらいだ。残りはこちらに駆けてくる。

「後列……てぇッ！」

後列の弓兵が矢を放った。そう、最初に矢を放ったのは前列だけだったのだ。タイミングを変えさせたのは次の矢を放つまでの時間を減らすためだ。矢の密度は薄《うす》くなるが、攻《こう》撃《げき》し続けられるメリットは大きい。全《すべ》ての敵兵が倒《たお》れ、ナスルは自ら弓を取り、倒れた敵兵の手足を射貫いた。動いたのは五人だ。

「……捕獲《ほかく》を」

「タイガ隊は敵兵を捕獲！　武装を解除させて縄《なわ》で縛《しば》れ！　手足は射貫いてあるけど、絶対に油断をしないで！　追い詰められたネズミは猫《ねこ》だって殺すよ！」

ナスルがぼそっと呟き、クロノは声を張り上げた。

「了解でござる！　各々方《おのおのがた》、油断めさるなッ！」

タイガに率いられた獣人が木の棒を構え、じりじりと敵兵に近づいていく。敵兵は必死に抵抗《ていこう》したが、手負いの上、数の差がある。獣人に木の棒で殴《なぐ》られ、動けなくなった所を捕縛《ほばく》された。クロノは通信用マジックアイテムでアリデッドとデネブに呼びかけた。

「二人とも被害《ひがい》は？」

『負傷者、死者なし』

『あたしの方は軽傷が十人だけど、重傷者及《およ》び死者なし』

クロノはホッと息を吐いた。

「捕虜《ほりよ》を尋問《じんもん》するから二人はそこで待機」

『『了解』』

クロノはポーチに通信用マジックアイテムをしまった。

「タイガ、付いてきて」

「御意《ぎょい》でござる」

クロノは敵兵に歩み寄った。五人とも後ろ手に縛られている。一人に声を掛ける。

「君、名前は？」

「……カイル」

少年——カイルは躊躇いがちに答えた。

「年齢《ねんれい》は？」

「……十五」

「正規兵かい？」

「違《ちが》う。お前らと戦うために村から連れてこられたんだ。友達も一緒《いっしょ》だった。けれど、最後の生き残りも……今、殺された」

カイルは力なく首を横に振った。そこに憎悪の色はない。ただ悲嘆《ひたん》に暮れている。

「どうして、攻《せ》めて、きたんだよ」

「何を仰ってますの！　貴方達《あなたたち》が攻めてくるから仕方なく攻め返しただけですわッ！」

カイルが声を詰まらせながら言うと、セシリーが怒鳴った。

「俺《おれ》は、俺達は何もしてないッ！」

「よくもぬけぬけとッ！」

セシリーは剣に手を掛け、そのまま動きを止めた。

「斬らないの？」

「捕虜を斬るのは恥《はじ》ですわッ！」

セシリーは腕を組み、顔を背《そむ》けた。いきなり他人の側頭部を蹴るのはＯＫで、捕虜を斬ることが恥とは。正直、恥の基準が分からない。

「さっさと捕虜を連れておいきなさい！　不愉快ですわ！」

「タイガ、第十二近衛騎士団《きしだん》に引き渡《わた》してきて」

「承知したでござる」

タイガは頷き、部下と共に捕虜を連行していった。ポイント稼《かせ》ぎとしては露骨《ろこつ》かなと思ったが、これくらい露骨にやればベティルも分かりやすいだろう。

「何なんですの、あれはッ？」

「卑しい傭兵の息子に聞かないでしょ」

クロノがうんざりした気分で呟くと、セシリーはこちらを睨《にら》んだ。

「貴方に尋ねていませんわッ！」

「じゃあ、何なの？」

「あ、あれは……そう！　独り言ですわ！　ひ、と、り、ご、とッ！　わたくしのこの胸に渦巻《うずま》く怒《いか》りを言葉にしただけですわ！　貴方になんて話《はな》し掛けていませんとも！」

セシリーは顔を真っ赤にして言った。

「あの子は、どうなるのかな？」

「勇敢《ゆうかん》に戦ったのですから名誉《めいよ》ある扱《あつか》いを受けられるはずですわ」

「拷問《ごうもん》とかしないんだ」

「あ、貴方はッ！」

セシリーはぎょっと目を見開いた。

「しないの？」

「これだから傭兵の息子は。帝国の貴族を何だと思ってますの」

セシリーは柳眉《りゅうび》を逆立てた。

「まあ、しないんならいいんだけど」

「するはずがありませんわ！」

セシリーは苛立《いらだ》たしげな口調で言った。

※

行軍八日目朝――五人の捕虜が死んでいた。見張りの兵士は傷の具合が悪化したと言っていたが、傷の具合が悪化して爪《つめ》が剥《は》がれ落ちたり、歯が抜け落ちたり、指が折れたりする訳がない。さらに隊列が再変更されたとなれば何があったのかよほど抜けていなければ容易に察しがつく。野営地の撤収《てっしゅう》が進められる中、セシリーは青ざめた顔で死体が埋葬《まいそう》される様子を眺《なが》めていた。

「拷問はしないいんじゃなかったの？」

「こ、これは！　何かの間違いですわッ！」

クロノが声を掛けると、セシリーは叫んだ。哀《あわ》れなほど狼狽《ろうばい》している。クロノは髪を撫でた。セシリーに蹴られた場所だ。軽く触《ふ》れた程度なのだが、痛みが走る。仕返しをしたいという気持ちがむくむくと湧《わ》き上《あ》がる。

「何かの間違いで拷問した？　ちょっとした手《て》違《ちが》いで責め殺しちゃった？　この卑しい傭兵の息子に分かるように説明してくれないかな？」

セシリーは答えない。唇《くちびる》を噛《か》み締め、俯《うつむ》いている。

「大隊長の誰《だれ》かが見張りの兵士に賄賂を握らせて拷問したんだろうねぇ。何故《なぜ》？　そんなの決まってる。伏兵《ふくへい》の位置を聞き出して昨日の僕《ぼく》のように戦功を得るためだよ。それだけ柔軟《じゅうなん》に対応できるんなら是非《ぜひ》とも夜襲に賛同して欲《ほ》しかったよ」

「お、おだまりなさい！」

セシリーは平手を繰り出《だ》した。だが、平手は空を切った。クロノが躱《かわ》したからだ。これだけショックを受けていれば躱すのは容易《たやす》い。いや、躱す必要さえなかったか。もう少し苛《いじ》めてやろうと口を開いたその時――。

「エラキス侯爵《こうしゃく》、そこまでにして頂けないかな？」

「これは、ベティル副軍団長殿。おはようございます」

クロノは頭を下げた。ベティルは苦笑《くしょう》し、セシリーに視線を向けた。

「セシリー、私はエラキス侯爵と話がある。あっちに行きたまえ」

「分かりましたわ」

ベティルが髭を撫でながら言うと、セシリーはその場から立ち去った。

「やっぱり、拷問ですか？」

「分かりきったことを聞かんでくれ。レオンハルト殿にも同じことを聞かれ、私が責任を以《もっ》て調査すると約束してようやく退いてもらったばかりだ」

「心中お察しします」

パラティウム公爵家《こうしゃくけ》の嫡男《ちゃくなん》を邪険《じゃけん》にすることも、行軍を遅《おく》らせることもできない。落とし所としては戦争が終わった後に捕虜を殺した事実が判明し、戦功と相殺《そうさい》される感じか。

「心中を察しているのに私の副官を追い詰めたのか」

「何度も嫌みを言われ、蹴りまで入れられたので仕返しをと思いまして。それにしても貴族の誇《ほこ》り云々《うんぬん》と言ってたくせにえげつないことをしますね」

「連中が口にする誇りは自分の気分や行動を正当化するための方便に過ぎんよ。誇りの本質とは自己犠牲であるというのに……」

愚《おろ》かなことだ、とベティルは溜息《ためいき》を吐くように言った。

※

行軍十日目夕方——帝国軍《ていこくぐん》はマルカブの街に到達《とうたつ》した。正しくは隘路《あいろ》を抜けた先にあるマルカブの街を一望できる丘《おか》だ。クロノは横倒《よこだお》しになった木に腰《こし》を下ろして部下の様子を眺める。部下は手際《てぎわ》よく天幕を張っていく。そのせいかミノも暇なようだった。

「大将、難しい顔をしてどうしたんで？」

「計画通りにいってないからちょっと不安で」

「戦争ってのはそういうもんですぜ」

「まあ、そうなんだろうけど」

戦争が計画通りにいかないのは分かっている。当初の予定では四日で到着《とうちゃく》する予定だったが、倍以上の時間を掛けてしまっている。どうにも落ち着かない。本当にここで野営していいのかという気さえしてくる。心配しすぎだと思うが——。

「ごめん！　野営地を隘路付近に変更してッ！」

「今日は草の上で眠《ねむ》れると思ったのに残念無念だし」

「そんな風に感じながら素直《すなお》に従うあたしらは部下の鑑《かがみ》みたいな」

アリデッドとデネブが天幕を畳《たた》み始める。すると、部下達《たち》もそれに倣《なら》う。余計な仕事を増やして申し訳ないと思うが、どうしても不安だったのだ。

「僕は街の様子を見てくるよ」

「分かりやした。ここはあっしが監督《かんとく》しておきやす」

クロノはミノに後を任せ、丘の頂上に向かった。丘の中程《なかほど》で——。

「お待ちなさい！」

背後から聞き覚えのある声が響く。セシリーの声だ。無視して先を急ぐが、セシリーに追い抜かれた。数メートルほど先行し、優雅《ゆうが》に反転する。

「どうして、待ってくれないんですの？」

「嫌みを言われたり、卑しい傭兵の息子って罵《ののし》られたりしたくないから」

「わ、わたくしが呼び止めたのですから止まりなさい！」

セシリーは顔を真っ赤にして言った。

「で、何の用？」

「べ、別に用なんてありませんわ！　ただ、ちょっと、話をしたかっただけですわ」

セシリーは声を荒《あら》らげ、そっぽを向いた、

「不安なの？」

「何を仰ってますの？」

セシリーは怪訝《けげん》そうな表情を浮《う》かべた。貴族の誇りも、威光《いこう》も意味をなさないと自覚して身を守るために擦《す》り寄《よ》ってきたと思ったのだが——。

仕方がない。守ってやるか、クロノは小さく息を吐いた。セシリーのことはあまり好きではないが、悲惨《ひさん》な目に遭《あ》って欲しいとまでは思っていない。

クロノとセシリーが丘の頂上に辿り着くと、そこには先客がいた。レオンハルト、ベティル、アルフォートの三人だ。三人から距離《きょり》を取り、マルカブの街を眺める。残念ながら街の様子は分からない。こんなことならアリデッドとデネブを連れてくればよかった。

「明日はあそこを攻め落とすんだね」

「はッ、早急《さっきゅう》にマルカブを攻め落とし、帝国の力を見せつけてやりましょう」

アルフォートとベティルの会話が聞こえた。その直後、マルカブの街の外縁部《がいえんぶ》に火が灯《とも》った。火は花が綻《ほころ》ぶように広がり、あっという間に街の周辺を埋《う》め尽《つ》くした。それは篝火《かがりび》だった。それも数えるのが馬鹿《ばか》らしくなる数の。

クロノは舌打ちをした。不安が的中した。神聖アルゴ王国は伏撃《ふくげき》を警戒《けいかい》させることで時間を稼ぎ、態勢を立て直したのだ。いや、そう考えるのは早計か。態勢を立て直したのならば、篝火を焚《た》く意味が分からない。油断している所に攻撃を仕掛《しか》けた方が効率的だ。ということはブラフだろうか。そういえば元の世界で徳川家康《とくがわいえやす》が武田信玄《たけだしんげん》にボロ負けした時にあえて城の門を開け放ったという話を聞いたことがある。突然、ブブブ～ッという音が響き、異臭《いしゅう》が漂《ただよ》ってきた。もしかして、これは――。

「あーッ！」

「お待ち下さい、アルフォート殿下《でんか》！」

突然、アルフォートが斜面《しゃめん》を駆け下り、ベティルがその後を追った。やや間を置いて、レオンハルトが近づいてきた。あんなことがあったばかりなのに表情一つ変えない。

「クロノ殿、どう思う？」

「アルフォート殿下は漏《も》らしたと思います」

プッー、とセシリーが噴《ふ》き出した。

「アルフォート殿下のことではなく、篝火のことだよ」

「ブラフだと思います」

「何故だね？」

「これだけ兵がいるぞって知らせるのはいい策ではないと思います」

「私も同意見だよ。もっとも、ブラフと決めつけて行動する訳にはいかないがね」

「確かに」

「では、私は先に行くよ」

そう言って、レオンハルトは丘を下りていった。僕も行きたいけど、と隣《となり》を見る。

隣ではセシリーが呆けたように篝火を見ていた。

「ボーッとしてないで軍議に行くよ」

「ボーッとしてなんていませんわ！」

セシリーはムッとしたように言い、一人で丘を下り始めた。クロノは小さく息を吐き、

ポーチから通信用マジックアイテムを取り出した。

「ミノさん、風向きが変わったみたいだから敵襲に備えて」

『……分かりやした』

クロノはポーチに通信用マジックアイテムをしまい、天幕に向かう。天幕に入ると、前回と同じように大隊長と副官がテーブルを囲んで立っていた。何故かアルフォートの姿もあった。今にも卒倒《そっとう》しそうなほど顔色が悪く、イスに座《すわ》ったまま体を揺《ゆ》らしている。

「では、軍議を始める」

ベティルが宣言し、軍議が始まった。軍議は当初の予定通りマルカブの街を攻略《こうりゃく》する方向で話が進んだ。そこにはアルフォートに勇ましさをアピールしたいという思惑《おもわく》もあるはずだが、丘陵地帯で勝ったことも一因だろう。これなら勝てるんじゃないか、とクロノが思えるほど士気が上がり、戦意が高揚《こうよう》している。だが、アルフォートの一言で軍議の方向性が変わった。

「て、て、撤退《てったい》だ！　に、に、逃げるんだ！　み、み皆はマルカブの街を囲む篝火の数を見ていないから勝てるとか言うんだ！」

「アルフォート殿下、敵が我々を圧倒《あっとう》する兵力を備えているのであれば篝火を焚く必要などありません。あれは時間稼ぎの類《たぐい》でしょう。仮に撤退するとしても敵に損害を与《あた》えてから撤退すべきです」

レオンハルトはアルフォートを宥《なだ》めた。篝火をブラフで済ませる訳にもいかないが、アルフォートのように真に受けるのも問題だった。最悪なのは素人《しろうと》であるアルフォートが軍団長であることだった。どんな計画を立ててもアルフォートの承認《しょうにん》がなければ動けないのだ。せめて、ここにいなければ口八丁で騙《だま》す手もあったのだが。

「う、うるさい！　よ、よよ、余に逆らうな！　ぱ、パラティウム家の嫡男でも今は余の部下だ！　よ、余に逆らった者の末路を忘れたとは、い、言わせないぞ！」

「お待ち下さい！　レオンハルト殿を欠いては御身《おんみ》を守りきれません！」

ベティルはレオンハルトを庇った。流石《さすが》に公爵家の嫡男を処刑《しょけい》するのは横暴すぎる。ノウジ皇帝直轄領《こうていちょっかつりょう》の前線基地に来た時はおどおどしていたのにえらい変わりようだ。

恐らく、ジョゼフの件でアルフォートは権力の大きさだけを理解したのだろう。厄介《やっかい》なことになったが、解決すべき問題がある。

「マルカブの街は監視《かんし》しなくてもいいんですか？」

「そ、そうだ！　か、監視だ！　こ、こうしている間に敵が迫《せま》っているかも知れない！」

クロノが手を挙げて言うと、アルフォートは名案だと言わんばかりに叫《さけ》んだ。

「だ、だ、誰か監視を！」

「では、私の部下に見張らせましょう」

名乗りを上げたのはレオの墓で暴言を吐いた男だった。

「そ、そうか。よ、よろしく頼《たの》むぞ」

「承知いたしました」

レオの墓で暴言を吐いた男は深々と頭を垂れた。

「と、とにかく撤退だ！　い、異論はゆ、許さないぞ！」

「承知いたしました。そこまで意志が固いのならば仕方がありません」

アルフォートを説得する愚《ぐ》を悟《さと》ったのだろう。レオンハルトはあっさりと折れた。

「兵の命を無駄にしないためにも撤退しましょう」

「わ、分かればいい。わ、分かればいいんだ」

アルフォートは満足そうに笑った。割と辛辣《しんらつ》な一言だと思うのだが、気付いていないようだ。レオンハルトは天幕を出て行った。クロノも後に続く。こんなことになるとは夢にも思わなかったが、帰国できるのは嬉《うれ》しい。自然と口元が綻ぶ。

「気持ち悪いですわよ」

いつの間に外に出たのか。セシリーが吐き捨てるように言った。

「生きて帰れる喜びを噛み締めてるんだよ」

「あら、怖《こわ》いんですの？」

「怖いよ」

クロノの答えが意外だったのだろう。セシリーは目を見開いた。

「セシリーは怖くないの？」

「呼び捨てにしないで下さらない」

セシリーはムッとしたように言った。

「貴族とは名誉のために命を懸《か》けるものですわ。貴方には分からないと思いますけど」

「そうだね。名誉のためには死ねないね」

自分が死ぬのも、部下が死ぬのも怖くて堪《たま》らない。ただでさえこれなのだ。

名誉のために命を懸けることはできない。

「明日は早いからさっさと寝《ね》るんだよ？」

「わたくしは子どもではありませんわ！」

「怖くなったら僕の天幕に来ていいからね」

「だから、わたくしは子どもではありませんわッ！」

セシリーは荒々《あらあら》しい足取りでその場から立ち去った。軽くセクハラを仕掛けたつもりだったのだが、気付かなかったようだ。貴族のお嬢様《じょうさま》だから仕方がないか、と隘路にある天幕に向かう。隘路の入り口に近づくと、ミノが駆《か》け寄ってきた。

「大将、どうだったんで？」

「撤退が決まったよ」

「……そいつは」

ミノが鼻面《はなづら》に皺《しわ》を寄せる。気持ちはクロノも一緒だ。こんな簡単に撤退するくらいなら最初から戦争なんてするなと言いたい。

「最後まで油断せずに行こう。エラキス侯爵領に帰るまでが戦争だ」

「へい、分かりやした」

ミノは大きく頷《うなず》いた。

※

行軍十一日目早朝——クロノは馬蹄《ばてい》の響《ひび》きと悲鳴で目を覚ました。短剣《たんけん》と長剣《ちょうけん》を手に慌《あわ》てて天幕から飛び出すと、神聖アルゴ王国軍の騎兵《きへい》が丘を駆け下《お》りてくる所だった。敵騎兵の数は恐らく五百は下るまい。一体、何が起きたのか。昨夜から敵は篝火を焚いて存在を知らせていた。帝国軍も見張りを立てていたのだ。

「大将、敵襲でさ！」

「分かってる！　リザド、ホルス隊は盾《たて》を手に隘路を塞《ふさ》げ！　タイガ隊は抜《ぬ》かれた時に備えて槍《やり》を！　アリデッド、デネブ、ナスル隊は敵騎兵を狙《ねら》い撃《う》て！」

クロノが命令を下すと、部下は動き始めた。敵騎兵は丘の上にいた将兵を優先的に狙っている。結果論だが、天幕を隘路に設置して正解だった。

「でも、どうして？　昨夜はマルカブの街を見張っていたはずなのに……アリデッド、デネブ！　丘の上に倒れているのはエルフか！」

アリデッドとデネブに叫ぶ。二人は部隊を隘路の入り口──斜面に配置し、騎兵を狙い撃っていた。指揮だけではなく、自分も弓を手に取っている。

「あたしらも一杯一杯《いっぱいいっぱい》だし！」

「人間だし！　丘の上に人間が倒れてるし！」

「ああッ、もう大馬鹿！」

クロノは喚《わめ》いた。レオの墓で暴言を吐《は》いた男は監視役《かんしやく》にエルフを使わなかったのだ。どうしてこんな馬鹿げた失敗をするのか。失敗の余地のあるなら失敗するとはいうが、狙い澄《す》ましたように失敗しなくてもいいではないか。

だが、文句を言ってばかりもいられない。隘路に逃《に》げてくる兵士は丘の途中《とちゅう》で討《と》ち取られ、抵抗する兵士は斜面を下りてくる騎兵に為《な》す術《すべ》もなく吹《ふ》き飛《と》ばされているのだから。

「打って出るしかないか」

敵騎兵を撤退に追い込まなければ全滅《ぜんめつ》必至なのだが、そんな簡単に騎兵を追《お》っ払《ぱら》えるのなら世話はない。どうするべきか悩《なや》んでいると、敵騎兵が転倒《てんとう》した。レオンハルトが馬の前脚《まえあし》を切断したのだ。

レオンハルトを脅威《きょうい》と認識《にんしき》したのだろう。十騎《き》の騎兵が襲《おそ》い掛かる。だが、レオンハルトはいつかのフェイのように神威術で刃《やいば》を伸《の》ばして一刀の下《もと》に斬《き》り伏《ふ》せた。仲間を瞬く間に死体に変えたレオンハルトに恐れを抱《いだ》いたのか、敵騎兵の動きが鈍る。

「今だ！　狙い撃て！」

「『了解だし！』」

「……了解」

アリデッドとデネブは元気に返事をし、ナスルは淡々《たんたん》と矢を放つ。他のエルフは三人よりも腕が劣《おと》るようだが、味方を射貫くようなヘマはしない。帝国軍の六割近くが隘路に避《ひ》難《なん》した頃《ころ》、敵騎兵が馬首を巡《めぐ》らせた。深追いして痛い目に遭うよりも本隊と合流する方を選んだのだろう。斜面に転がる死体の殆《ほとん》どは帝国軍の兵士だ。そんな中をアルフォートがベティルと共に近づいてきた。

「だ、だから、よ、よ、余は早く撤退しようと言ったのに」

「そのようなことを言っている暇《ひま》はありません」

こちらに、とベティルはアルフォートを岩の上に座らせた。

「臨時の軍議を開く！　各大隊長と副官はここに！」

ベティルが隘路全体に響き渡る大声で言い、生き残った大隊長と副官が歩き出す。生き残った大隊長と副官はレオンハルト、ベティル、セシリーと他一組だ。レオの墓で暴言を吐いた男の姿はない。

「生きてたんだ」

「い、生きていてはいけませんの！」

セシリーは声を荒らげた。板金鎧《プレートアーマー》を着る暇がなかったらしく、近衛騎士《きし》の証《あかし》である白い軍服を着ている。ボタンを掛け違えているのでかなり急いでいたに違いない。軍議は十分と掛からずに終わったが――。

「納得《なっとく》できません」

「エラキス侯爵、誰かが殿を務めなければ全員が死ぬのだ」

クロノが不満を口にすると、ベティルは諭《さと》すように言った。軍議で出した結論は撤退だった。生き残った兵士が負傷者を含《ふく》めて五千弱となれば撤退するしかない。それはクロノにも分かる。分かるのだが――。

「でも、どうして人間だけが撤退するんですか？」

「人間の命は亜人《あじん》に優先される。エラキス侯爵も貴族ならば分かるだろう？」

「分かりません」

クロノは力なく首を横に振《ふ》った。ベティルは貴族の本質とは自己犠牲にあると言った。ベティルは分かっているのだ。それなのに自分に嘘《うそ》を吐いている。自分自身さえ騙しきれない嘘で、どうして他人を説得できるだろう。

「それが貴族なら貴族じゃなくていいです！」

「残ってどうにかなるのなら私だってそうしている！　だが、無理なのだ！　今、我々にできることは千五百の亜人を犠牲にして、彼らが犠牲になってくれている隙《すき》に……逃げ帰《かえ》るしかないのだ」

ベティルは苛立《いらだ》ったように言い、顔を顰《しか》めた。口にしてはいけないことを言ってしまった。そんな後悔《こうかい》に彩《いろど》られた表情を浮かべている。

「はッ、どうした？　残らないのか？」

「貴様は黙《だま》ってろ！」

生き残っていた大隊長が嘲《あざけ》るように言い、ベティルは怒鳴《どな》りつけた。

「エラキス侯爵、今の言葉は気にするな。人間はそんなに強くないのだ。君が撤退するという選択《せんたく》をしても私は蔑《さげす》まんよ」

ベティルの声は優《やさ》しかった。きっと、これは彼の本心だろう。ああ、そうだ。死は恐ろしい。まだやりたいことがあるのだ。農業改革は中途半端《ちゅうとはんぱ》だし、紙の工房《こうぼう》も稼働《かどう》したばっかりだ。新しい兵舎も見てない。これから、これからなのだ。

エラキス侯爵領に戻《もど》ればそれができる。領地が豊かになる。ここで死んでいく部下よりも遙《はる》かに大勢の人々を幸せにできる。レイラやエレナ、女将《おかみ》、リオとエッチなことを沢山《たくさん》したかった。フェイにも手を出しておけばよかった。舞踏会《ぶとうかい》で酒の勢いに任せてティリアのおっぱいを揉《も》んでおけばよかった。

「僕は……」

クロノは俯いた。

終章『約束』

クロノは岩に座り、部下の様子を眺めていた。部下は武器や防具を拾い集めている。

セシリーはいい顔をしなかったが、時間を稼ぐためと説明したら納得してくれた。

「クロノ様、硬《かた》パンができたよ」

「ああ、女将か」

声のした方を見ると、女将が憂鬱《ゆううつ》そうに立っていた。

硬パンができたと言ったが、何も持っていない。不思議に思い、首を傾《かし》げると――。

「硬パンはミノに渡しちまったよ。いや、本当にギリギリだったよ」

「……そうなんだ」

女将がおどけるように言い、クロノは立ち上がった。隘路の奥《おく》には本隊がいる。

ベティルが、レオンハルトが、セシリーが――大勢の兵士がこちらを見ている。

「行こうか」

「ああ、そうだね。ったく、小金稼ぎのつもりが最悪だよ」

クロノが本隊に向けて歩き出すと、女将はぼやくように言った。

「まあ、最悪なのはミノ達だけどね。ああ、これは責めてる訳じゃないんだよ。仕方がないことは世の中に沢山あるもんさ」

作戦の概要《がいよう》を知っているのだろう。女将は慰《なぐさ》めるように言った。

「余った小麦粉は使ってくれって言っておいたよ。クロノ様は言いにくいだろ？」

「そうだね」

クロノは立ち止まった。本隊はもう目と鼻の先だ。手を伸ばしかけて止める。

女将は一、二歩進んだ後で振り返《かえ》った。彼女《かのじょ》の手首を掴《つか》んで抱き寄せる。

怯《おび》えているかのような表情を浮かべているが、構わずに唇を貪《むさぼ》った。

歯列を割り割《さ》き、舌を絡《から》め、豊かな胸を愛撫《あいぶ》する。その拍子《ひょうし》にボタンが弾《はじ》け飛ぶ。

「ぷはッ！　いきなり何をするんだいッ？」

女将は突《つ》き飛ばすようにしてクロノから離《はな》れると服の袖《そで》で唇を拭《ぬぐ》った。

「別れのキスをと思って」

「別れって——ッ！」

女将は息を呑《の》んだ。

「僕はミノさん達と残る」

「こんな所に残ったら死んじまうよ！」

「そうだね。死ぬかもね。もし、生きて帰れたら――」

「そんなことを言うんじゃないよ！」

女将は声を荒らげた。瞳《ひとみ》が潤《うる》み、今にも涙《なみだ》がこぼれ落ちそうだ。

「もし、生きて帰れたら腰が抜けるまでエッチしよう」

「こ、こんな時に何を言ってるんだいッ！」

「駄目《だめ》、かな？」

「ぐッ、分かったよ。その代わり絶対に帰ってくるんだよ？」

「約束する」

クロノは女将に背を向けて歩き出した。ミノ、アリデッド、デネブ、ホルス、リザド、タイガ、ナスルが――千五百人の部下が待っている。その表情は恐怖《きょうふ》と不安に彩られている。どんな顔をして、どんな言葉を掛《か》ければいいのだろう。それを考えている間にも距離は縮まっていく。ふと養父の言葉を思い出す。それで、自分のすべきことが分かったような気がした。クロノは立ち止まり――。

「皆《みんな》、生きて帰ろう」

笑った。そう、死地においてこそ――笑うのだ。

あとがき

このたびは「クロの戦記４　異世界転移した僕が最強なのはベッドの上だけのようです」をご購入頂き、ありがとうございます。応援して下さる皆様のお陰で第４巻です。売れ行きも好調なようで企画を組んで頂いたり、キャンペーンに参加させて頂いたりと感謝！　感激ですッ!!　ここからは謝辞を。担当Ｓ様、いつもお力添え、ありがとうございます。的確な指摘のお陰でクオリティがぐぐっとアップです。むつみまさと先生、今回も素敵なイラスト＆キャラデザをありがとうございます。ベティルのデザインは最高だと思います。

続いて宣伝になります。「クロの戦記」のコミカライズがスタートしました。掲載サイトは少年エースｐｌｕｓ様、漫画を描いて下さるのは白瀬優海先生です!!　漫画版「クロの戦記」もよろしくお願いいたします。またＨＪノベルス様より「アラフォーおっさんはスローライフの夢を見るか？　３」が発売されます。見所は宿の女主人シェリーとのエッ、もとい、色欲――げふんげふん、迫力のバトルシーン＆主人公とヒロイン（？）ユウカの掛け合いです!!　こちらもよろしくお願いします!!

HJ文庫
892
http://www.hobbyjapan.co.jp/hjbunko/

クロの戦記4

異世界転移した僕が最強なのはベッドの上だけのようです

2020年8月1日　初版発行

著者――サイトウアユム

発行者―松下大介
発行所―株式会社ホビージャパン

〒151-0053
東京都渋谷区代々木2-15-8
電話　03(5304)7604（編集）
03(5304)9112（営業）

印刷所――大日本印刷株式会社

装丁――木村デザイン・ラボ／株式会社エストール

ISBN978-4-7986-2261-3　C0193

ファンレター、作品のご感想
お待ちしております

〒151−0053　東京都渋谷区代々木2−15−8
(株)ホビージャパン HJ文庫編集部 気付
サイトウアユム 先生／むつみまさと 先生